KB045590

# 부산행

비주얼 노블 1

# 부산행

**NEW** 지음

arte POP

끝 까 지 살 아 남 아 라

영화 〈부산행〉의 시나리오와 스틸 이미지를 재구성한 소설입니다.
세부 설정은 소설의 재미를 위해 재가공했습니다.

끼익, 끼익.

눈동자가 텅 빈 마네킹은 경광봉을 든 팔을 위아래로 흔들 때마다 끼익, 끼익, 앓는 소리를 냈다. 마네킹은 볼품없이 해진 노란 우비 때문에 더욱더 을씨년스러워 보였다. 마네킹이 지키고 선 진양톨게이트에 먹구름이 낮게 가라앉았다.

김 씨는 도살장에 돼지 스물여덟 마리를 납품하고 돌아오는 길이었다. 늘 오가던 톨게이트를 지나자 거점소독소 현수막이 걸린 천막과 흰색 방진복을 입은 공익요원들이 나타났다. 에이씨, 또야? 김 씨는 반갑지 않은 익숙한 풍경에 욕이 울컥 치밀었다. 순식간에 살포 장치가 뿜어내는 분사액과 석회 가루에 포위당한 트럭이 천천히 속도를 줄였다.

뿌연 가루에서 벗어나자마자 차를 세운 김 씨는 운전석 창문을 내리고 머리를 밖으로 내밀었다.

"아, 뭐여? 또 돼지들 싹 다 파묻어야 하는 거여?"

공익요원 중 한 명이 마스크를 끌어 내리며 다가왔다. 여드름 자국이 선명한 앳된 얼굴이었다.

"구제역은 아니래여."

"아니긴 뭐가 아녀! 접때도 별거 아니래 놓고 결국 돼지들 다 묻은 거 아녀."

공익요원은 이곳을 지나간 사람들에게 계속 같은 항의를 듣고 있었다.

"그게 아니라요, 요 앞 바이오 단지에서 뭐가 쬐끔 샜다 그라네요."

"아, 기면 기라고 말을 해줘야 준비라도 할 거 아녀. 이번에도 돼지 싹 다 묻으면 나 정말 환장해부러."

김 씨의 윽박에 공익요원은 진정하라는 듯 경광봉을 흔들어댔다.

"이번엔 진짜 아니니까 걱정 마시고 일 보러 가세요."

썩을, 제깟 게 알면 얼마나 안다고. 김 씨는 무슨 말을 하려고 입을 달싹이다 말고 액셀을 밟았다. 텅 빈 용달 트럭은 거점소독 소에서 뿜어 나오는 연기를 뒤로하고 2차선 왕복 도로를 홀로 달렸다. 쬐끔 새긴 뭐가 쬐끔 샜단 말여? 하여튼 저놈들 하는 말을 믿을 수가 있어야지……. 커브 길을 내려가는 내내 김 씨는 신경

질적으로 궁시렁댔다.

그때 핸드폰 벨 소리가 울렸다. 김 씨는 조수석 쪽을 힐끗거리며 소리의 진원지를 찾았다. 핸드폰은 조수석 위에서 요란하게 울고 있었다. 이 여편네가 또 뭘 시키려고 전화질이야. 김 씨는 혀를 차며 핸드폰을 향해 손을 뻗었다. 핸드폰은 아슬아슬하게 손에 닿지 않았다. 김 씨는 앞을 한 번 확인하고 보조석 쪽으로 몸을 더 깊이 기울였다.

"아이고, 여편네야. 그만 좀 긁어대라…….."

그때였다. 무언가가 트럭 앞 범퍼에 쾅 소리를 내며 부딪혔다. 충격에 놀란 김 씨가 다급히 브레이크를 밟는 바람에 회색 도로 위에 시꺼먼 스키드 마크가 새겨졌다.

김 씨는 숨을 거칠게 내쉬었다. 정수리부터 꼬리뼈까지 신경이 빳빳하게 곤두섰다. 쌍, 뭐가 치인겨. 김 씨는 달달 떨리는 손으로 운전석 문을 열고 도로에 풀쩍 뛰어내렸다.

고라니였다. 트럭에 치이면서 뱃가죽이 터진 고라니는 검붉은 내장을 쏟아냈다. 고라니는 눈을 뜬 채 죽어 있었다. 그 눈자위도 피로 물든 듯 새빨갰다.

"씨발, 갑자기 튀어나오고 지랄이야."

김 씨는 섬뜩한 기운을 쫓기 위해 부러 크게 욕을 하며 침을 뱉었다.

"에헤이, 재수가 없으려니까…….."

고라니의 사체를 갓길로 치울 마음은 전혀 없었다. 김 씨는 주위를 한 번 쭉 둘러보았다. 차 앞으로 돌아가 범퍼를 살피고, 앞바퀴와 뒷바퀴를 발로 몇 번 찼다. 차는 이상이 없었다. 곧 김 씨가 올라탄 용달 트럭은 아무 일도 없었다는 듯 출발했다.

고요한 도로 위에는 고라니의 사체만 그대로 남아 있었다. 어두워지는 하늘, 지나는 차도 사람도 없는 좁은 도로, 덩그러니 놓여 있는 고라니 사체. 바람도 불지 않아 꼭 박제된 풍경 같았다.

얼마쯤 지났을까. 고속도로 위에서 딱, 딱, 조약돌이 맞부딪치는 것 같은 소리가 났다. 고라니의 가느다란 다리 관절이 눈에 띄지 않게 잠깐 움찔했다. 잠시 고요한 적막이 감돌았다. 투둑, 투둑, 아까보다 더 크게 뼈 부딪히는 소리가 났다. 곧 납작하게 짓이겨진 고라니가 발작하듯 바르르 몸을 떨었다. 부러진 관절들이 제멋대로 움직이더니 마침내 고라니가 네 발로 섰다. 그 모습이 기괴했다. 뒤이어 고라니의 배 안에서 위태롭게 달랑이던 소장이 도로 위에 떨어져 푹 소리를 냈다. 고라니는 살점이 너덜거리는 채로 스키드 마크가 향하는 곳을 응시하듯 섰다. 고라니의 눈에서는 형형한 빛이 뿜어져 나왔다. 자동차 엔진 소리가 점점 가까워졌다. 고라니는 헤드라이트 불빛이 쏟아지는 곳을 향해 고개를 꺾었다. 목이 뒤로 접힌 고라니가 달려오는 차를 덮치듯 뛰어올랐다.

*

　후배들은 석우를 '일 중독자'라고 불렀다. 멍청이들. 석우는 뒤에서 저를 두고 수군거리는 소리를 들을 때마다 코웃음을 쳤다. 하루에도 몇 십 번씩 상한가와 하한가를 치는 주식판에서 무조건 이익을 얻기 위한 대책을 짜야 했다. 이런 세계에서 일 중독자라는 평가는 제 몫을 충분히 해내고 있다는 뜻일 뿐이었다. 이 바닥에서는 그렇게 해야만 살아남을 수 있었다. 쥐처럼 구석에서 눈짓이나 주고받는 녀석들은 자신들이 벌써 생존에서 밀려나고 있다는 걸 모를 것이다.

　오늘도 석우는 사무실 제자리에서 패스트푸드로 점심을 해결했다. 그것마저도 마음 편히 먹을 수 없었다. 먹다 만 햄버거는 책상에 놓인 지 한참이었다. 수화기 건너의 사람은 좀처럼 통화를 끝낼 기미를 보이지 않았다. 미치겠네. 석우는 인상을 구겼다. 뒷목을 타고 오르는 짜증을 꾸역꾸역 누르고 수화기 건너편 사람의 말에 경청하고 있다는 듯 추임새를 냈다. 석우가 각종 서류가 어지럽게 널브러져 있는 책상 위에서 세모표들이 가득한 서류 한 장을 집어 들었다.

　"……상무님, 지금 이 타이밍에 빠지면 남은 사람들 건 전부 휴지 조각이 될 텐데요. 아직 정확히 원인 규명도 안 됐고요. 역정보일 가능성도……. 아, 알겠습니다. ……네?"

하하. 갑자기 석우가 기계적인 웃음을 터뜨렸다.

"아직 미천한 실력인데요, 뭘. 아, 그럼 필드에서 좀 더 가르쳐 주시겠습니까? 네, 곧 뵙지요. 연락드리겠습니다."

병신, 지금이 골프 타령할 때냐. 석우는 전화를 끊자마자 가식적인 웃음을 거뒀다. 잠시 아랫입술을 깨물며 고민하다 이내 고개를 흔들고는 포스트잇을 꺼내 메모했다.

'다음 주. 박 상무. 골프 약속 잡을 것.'

석우는 그 포스트잇을 모니터 옆 벽면에 붙였다. 자리에 앉으면 바로 시야에 들어오는 벽에는 이미 포스트잇들이 빼곡하게 붙어 있었다. 살아남기 위한 자리들이었다. 반쯤 먹다 남은 햄버거와 콜라가 보였지만 식욕이 솟지 않았다. 석우는 김빠진 콜라만 한 모금을 더 마시고는 이내 햄버거와 콜라 모두 쓰레기통으로 밀어 넣었다. 곧바로 인터폰을 눌러 김 대리를 호출했다.

김 대리를 기다리는 동안에도 석우는 모니터에서 눈을 떼지 못했다.

'진양 저수지 의문의 물고기 폐사'

'진양 바이오밸리 생태계 위협'

'진양 단지, 바이오 폐기물 관리 안 하나'

또 진양이었다. 석우가 몇 년째 공을 들인 진양에 있는 바이오 단지에서 일이 연달아 터지고 있었다. 이대로 물러서자니 손해가 너무 컸다. 꺾은선 그래프의 화살표가 바닥에 처박히는 일만은 어떻게든 막아야 했다. 이번 고비만 넘으면 승진이라는 보상이 자연스럽게 따라올 터였다. 원래 기자들이라는 존재는 언제나 별일도 아닌 걸 심각한 일인 양 포장하는 족속이었다. 그렇게 연료를 뿌렸는데도 부족했나? 석우는 기자들한테 찔러 넣은 술과 뒷돈을 떠올렸다. 왜 계속 진양을 물고 늘어질까. 막말로 사람들이 떼죽음을 당한 것도 아니지 않은가. 어쩔 수 없었다. 쓸 수 있는 모든 수를 다 써야 했다. 그것이 편법이라도 말이다.

김 대리는 석우의 호출에 가슴이 조마조마했다. 석우의 개인 사무실 문을 여는 순간에는 긴장감 때문에 숨이 막혔다. 김 대리의 눈에 비친 석우는 늘 강자의 편만 생각하는 사람이었다. 누가 죽더라도 이익만 얻으면 그만이라고 생각하는 사람. 독사처럼 독을 품고 있는 냉혈한 같은 사람. 석우가 또 어떤 일을 떠맡길지 걱정돼 한숨이 나왔다.

또 얼빠진 얼굴일세. 석우는 유리문을 열고 들어오는 김 대리를 보자마자 속으로 혀를 찼다. 석우는 움츠린 어깨와 방황하는 눈동자만으로도 김 대리가 어떤 걱정을 사서 하는지 알 수 있었다. 저렇게 겁먹은 토끼처럼 굴어서야 이 포식자의 세계에서 살아남을 수 없다. 몇 번이나 주의하라고 경고했지만 소용없는 일인 모양이었다. 석우는 일부러 더욱 김 대리를 쳐다보지 않았다.

"……어떡할까요?"

"관련 종목 뽑아서 전부 던져."

"전부 다요? 그럼, 파장이 클 텐데요. 시장 안정성 측면도 그렇고, 개미들의 입장에서 이렇게 되면……."

김 대리는 조심스럽게 석우를 설득하려고 했다.

"김 대리."

석우는 가만히 눈을 감으며 낮은 목소리로 김 대리를 불렀다. 높낮이가 없지만 차가운 말투였다.

"너 개미들 입장까지 생각하면서 일하냐? 전부 매도해. 지금 바로."

김 대리가 할 수 있는 반항은 거기가 끝이었다. 까라면 깔 수밖에 없다. 자신은 아무 힘도 없으니 어쩔 수 없는 일이었다. 석우가 다시 모니터로 시선을 돌렸다. 더 이상 할 말이 없으니 나가라는 뜻이었다. 김 대리는 자신을 쳐다도 보지 않는 석우를 향해 고개를 숙여 인사를 하고 몸을 돌렸다. 그때 석우가 갑자기 무언가 생각난 듯 돌아서는 김 대리를 불러세웠다.

"김 대리, 혹시…… 요즘 애들이 좋아하는 거, 그런 거 좀 알아?"

이번에는 또 무슨 뒤치다꺼리를 시키나 싶었는데 엉뚱한 질문이 떨어졌다. 김 대리가 선뜻 대답하지 않자 석우는 그냥 나가보라는 손짓을 했다. 김 대리가 나가고 석우는 피곤한 듯 마른세수를 했다. 눈알이 시큰거렸다. 석우는 눈살을 찌푸리며 창밖을 바라보았다. 한겨울도 아닌데 며칠째 우중충한 잿빛 하늘만이 눈에 가득 들어왔다.

*

석우가 탄 고급 세단이 지하주차장으로 미끄러지듯 들어왔다. 차가 막 멈춰 섰을 때 전화벨이 울렸다. 액정에는 '수안 엄마'라는 이름이 떴다. 나영이었다. 또 무슨 말을 하려고. 석우는 한숨을 한 번 내쉰 뒤 차에서 내리며 통화 버튼을 눌렀다. 수화기 너머로 나영의 목소리가 들려왔다.

'우리 괜히 서로 소송 그런 걸로 힘 빼지 말자.'

차분한 목소리였다.

얼마 전까지만 해도 나영은 석우의 아내였지만, 두 사람은 곧 법적으로 남남이 될 사이였다. 나영이 이혼을 말하고 집을 나간 지도 벌써 십 개월이 흘렀다. 갈라서기로 합의했으면서도 아직 둘 사이가 법적으로 정리되지 않은 까닭은 딸 수안의 양육권 때문이었다. 소송? 웃기고 있네. 석우는 무슨 일이 있어도 딸 수안을 자기가 키울 생각이었다. 당연한 일에 나영이 쓸데없는 고집을 부리고 있었다.

"네가 뭘 하든 상관없어. 상관 안 해. 하지만 수안이는 내가 키워."

'당신이 무슨 애를 키워? 당신, 수안이랑 하루에 이야기는 몇 마디나 나누니? 아니, 이야기를 하긴 해?'

석우가 미간을 찡그렸다. 또 그놈의 대화 타령. 딱히 나영의 말에 대구할 말이 떠오르지 않자 짜증은 더 치솟았다. 수안이랑 이

야기를 나눈 게 엊그제였나? 아니, 며칠 전인 것도 같았다. 한 집에서 잠이 들고 깼지만 마주치는 일은 거의 없었다. 석우는 수안이 잘 때서야 퇴근했고 깨기 전에 다시 회사로 출근했기 때문이다. 석우가 대답하지 않자 나영이 낮게 한숨을 쉬며 말했다.

'수안이가 내일 여기로 오겠대. 자기 혼자서라도. 알고 있었어?'

"무슨 소리야? 애가 혼자 가긴 어딜 가?"

처음 듣는 이야기였다. 겨우 아홉 살짜리가 서울에서 부산까지 거리가 얼만데 혼자 간다고?

'그럼 당신이 데려오든가. 오고 싶대.'

"안 돼, 내일은."

나영은 석우를 떠난 뒤 지금까지 부산에 있었다. 대학가에 작은 도자기 공방을 열었다고 했다. 처음 그 소식을 전해 들었을 때는 갑작스러운 나영의 이혼 선포처럼 영문을 알 수 없었다. 뒤늦게야 나영이 대학에서 도예를 전공했다는 사실이 떠올랐다. 왜 하필 연고도 없는 부산인지는 몰라도 나영은 평소 자신이 꿈꾸던 삶을 좇아갔다. 나영은 석우와의 결혼 생활을 못 견뎌 했다. 물론, 처음부터 이랬던 것은 아니다. 석우는 문득 나영이 자신의 눈을 똑바로 쳐다보며 '당신이라는 사람, 정말 지겹다.'라고 말한 뒤 등을 돌린 순간이 떠올랐다. 곧 석우의 가슴에서 무언가 치밀어 올랐다. 감히 나를 배신하다니.

'도대체 문제가 뭐야? 당신이나 수안이나 부족한 거 없이 다 갖다 줬잖아.'

'당신은 그게 전부인 줄 알지?'

그게 아니라고? 나영의 질문은 석우로서는 한 번도 생각해보지 않은 것이었다. 아니, 그런 생각을 할 겨를도 없이 바빴다. 그런 고상한 생각을 할 여유가 없었다.

'내일 수안이 생일인 건 알아?'

"알아!"

석우는 소리치듯 대꾸하고 전화를 끊어버렸다. 애써 마음을 다독이며 뒷좌석을 살폈다. 양복 옷걸이 사이로 쇼핑백이 얌전히 놓여 있었다. 쾅! 석우가 거칠게 차 문을 닫는 소리가 주차장을 울렸다.

*

"저녁은 먹었니?"

현관으로 석우를 마중 나온 어머니가 다정한 목소리로 물었다. 어머니는 움직일 때마다 욱신거리는 무릎 관절 때문에 걷는 폼이 엉성했다. 거실로 들어선 석우는 대리석 바닥 위에 놓인 까다 만 마늘과 소쿠리를 무심히 쳐다보았다. 어머니는 주먹으로 자신의 무릎을 두드리며 석우의 곁에 섰다.

"대충 먹었어요. 수안이는요?"

"저녁 먹고 제 방에 있어."

석우는 그렇게 아프면 병원에 가보라고 말하려다가 관뒀다. 걱정스러운 말을 붙일 여유도 없었다. 석우는 곧장 수안의 방 쪽으로 걸음을 옮겼다. 어머니는 따뜻한 말 한마디 없는 무심한 석우

가 서운했지만, 한편으로는 아들이 오늘 하루도 밖에서 얼마나 고생스러웠을지 안쓰러운 마음도 들었다. 그러니 서운하고 섭섭해도 참는 수밖에 없었다.

수안의 방에 가까워지자 살짝 열린 문틈으로 어린아이의 말소리가 새어 나왔다. 석우가 문을 열자 잘 꾸며진 아이의 방이 모습을 드러냈다. 알록달록한 별들이 떠 있는 파란색 벽지와 그 벽지에 색을 맞춘 어린이용 가구가 제각각 자신의 자리를 차지하고 있었다. 석우가 아동 인테리어 전문가를 불러 꾸민 방이었다. 책꽂이에는 백과사전 전집과 어린이 동화 전집이 쭉 놓여 있고, 그 위에 달린 선반에는 창의력과 집중력 발달에 도움이 된다는 장난감들이 줄지어 서 있었다. 석우는 전문가들이 내미는 선택 사항 중에서 최고급만 골랐다. 덕분에 여성잡지에 실려도 손색없을 만한 아이 방이 탄생했다. 석우는 그 모습이 퍽 맘에 들었지만, 정작 방의 주인인 수안은 크게 좋아하지 않는 눈치였다. 아직 낯설어서 그렇겠지. 석우는 방뿐만 아니라 옷과 신발, 무엇이든 수안에게는 무조건 가장 좋은 걸 주려고 했다. 그게 석우가 보여줄 수 있는 수안에 대한 큰 관심이자 사랑이었다.

수안은 석우가 온 줄도 모르고 벽 쪽을 본 채 옆으로 누워서 한창 통화 중이었다.

"혼자서 기차 탈 수 있어, 엄마. 왜……. 엄마가 역으로 마중 나오면 되잖아……."

저렇게 제 엄마가 보고 싶나? 석우는 씁쓸한 얼굴로 수안의 뒷모습을 보며 서 있었다. 똑똑. 석우가 문 안쪽을 노크했다. 그러자 수안이 얼른 이불 속으로 모습을 감추더니 황급히 통화를 마무리했다. 잠시 후 이불 밖으로 수안이 얼굴을 드러냈다. 짧은 머리에 약간은 보이시해 보이는 아홉 살배기 여자아이였다. 이목구비에서 석우의 얼굴도, 나영의 얼굴도 보였다. 석우는 수안을 바라보며 부드럽게 웃었다.

"괜찮아. 통화 마저 해."

수안은 가만히 고개를 저었다.

"끊었어요."

석우는 수안의 침대에 걸터앉으며 자신을 올려다보는 수안의 머리를 가만히 쓰다듬었다. 아이의 부드러운 머릿결이 석우의 손바닥을 간질였다.

"엄마한테 부산에 가겠다고 했다며?"

수안은 선뜻 대답하지 못했다. 살짝 고개를 떨군 채 침대 끝만 응시했다. 석우는 수안을 달래듯 마저 말을 이었다.

"수안아, 아빠가 요즘 일이 너무 많네. 수안이가 조금만 이해해 주면 안 될까? 부산에는 다음 주쯤 같이 가자. 응?"

울고 싶은 걸 참는지 수안의 입술이 세게 맞물렸다. 마음이 약해질 것 같아 석우는 애써 그 얼굴을 외면했다.

"자, 이것 좀 봐. 아빠가 뭘 사 왔을까?"

석우는 아이의 관심을 다른 곳으로 돌리려고 일부러 밝게 말하며 쇼핑백에서 선물 상자를 꺼내 흔들었다. 상자에 붙은 큼직한 리본이 조명을 받아 반짝거렸다. 수안은 석우가 내민 상자를 조용히 쳐다보았다.

"아빠가 잊은 줄 알았지? 생일 축하해."

수안은 가만히 박스를 보기만 하다 다시 석우를 올려 보았다. 석우가 어서 열어 보라고 웃으며 고갯짓을 하자 그제야 수안이 상자의 포장을 뜯었다. 매장 직원이 요즘 아이들 사이에서 가장 인기가 높은 제품이라고 추천한 물건이었다. 석우는 수안이 기뻐할 모습에 벌써 흐뭇해졌다. 수안의 손놀림으로 선물의 포장이 벗겨지자 최신형 콘솔 게임이 모습을 드러냈다.

선물을 본 수안의 얼굴에는 기쁨보다 황당함이 서렸다. 수안은 상자를 들고 눈을 깜박이기만 했다. 뭐가 잘못됐나? 활짝 웃던 석우가 무슨 일인가 싶어 웃음을 거두고 조심스럽게 수안의 얼굴을 살폈다.

"왜……. 맘에 안 드니?"

대답 대신 수안은 자신의 방에 놓인 TV를 쳐다보았다. 석우는 수안의 시선을 따라 같이 고개를 돌렸다가 곧바로 당혹스러워서 얼굴을 찌푸려야 했다. 수안의 방 TV에는 이미 콘솔 게임이 설치되어 있었다. 그 옆에 오늘 새로 사온 것과 똑같은 박스까지 가지런히 놓인 채로. 아차, 석우는 작게 중얼거렸다.

"아빠가 이번 어린이날……."

수안의 말에 석우는 수습하듯 빠르게 말을 꺼냈다.

"다른 거, 뭐 다른 거 갖고 싶은 거 없니? 말해 봐."

수안은 콘솔 게임 박스를 가만히 내려 보았다. 마음이 단단히 상한 모양이었다. 왜 이런 실수를 했지? 이렇게 정신이 없었나? 석우는 자기 자신에게 짜증이 치밀어 올랐다. 수안이 조심히 입을 열었다. 여전히 석우를 보지 않은 채였다.

"부산…… 가고 싶어요. 엄마한테 갈래요. 내일……."

"수안아, 좀 전에 얘기했잖아. 아빠가 시간이 나면 다음에……."

처음으로 수안이 고개를 들어 석우를 똑바로 바라보았다. 수안의 눈에 눈물이 고였다. 이번에는 수안도 양보하고 싶지 않았다. 이번 생일만큼은 엄마 아빠와 함께하고 싶었다. 학예회를 마친 오늘은 그 각오가 더 굳건했다.

"내일요. 맨날 다음이라고만 하고…… 또 거짓말이잖아요. 아빠, 시간 안 뺏을게요. 혼자 갈 수 있어요. 네?"

석우의 눈에 금방이라도 울음을 터트릴 듯한 수안의 얼굴과 제 무심함을 힐난하는 듯한 콘솔 게임 상자가 들어왔다. 석우가 결국 고개를 끄덕였다. 수안은 선물 상자를 꼭 끌어안은 채 오늘 처음으로 활짝 웃어 보였다.


자신의 방에 들어온 석우는 넥타이를 풀며 지친 숨을 내쉬었다. 내일 부산에 들렀다 다시 회사로 가면 몇 시쯤 되려나? 갑자기 피

로가 몰려왔다. 집도 편하게 쉴 수 있는 공간이 아니었다. 석우는
자신이 단 한 시간이라도 마음 편히 쉴 곳은 세상 어디에도 없을
듯싶었다. 노크 소리가 들리더니 어머니가 들어왔다. 어머니가 들
고 있는 쟁반에는 김이 모락모락 나는 머그잔이 놓여 있었다. 무
슨 할 말이 있는 모양인지 어머니는 사이드 테이블에 쟁반을 내려
놓고 침대 끄트머리에 조심스럽게 앉았다.

"내일 수안이랑 부산에 가기로 했고?"

"네."

"잘했다. 나영이 만나서 밥이라도 먹으면서 한번 잘 얘기해봐,
응? 부부가 그렇게 쉽게 갈라설 수 있는 사이가 아니다. 수안이 생
각도 해야지."

"제가 알아서 할게요. 요즘 저한테 중요한 때라서 그래요."

석우는 어머니의 말을 잘랐다. 어머니는 또다시 서운한 마음이
들었지만 애써 티를 내지 않았다. 그래, 지금까지 뭐든 잘해 온 아
들이었다. 이번에도 아들은 제가 원하는 것을 얻어낼 게 분명했다.
어머니는 석우를 믿는 것밖에 할 수 있는 일이 없었다.

석우의 아버지는 친구의 연대 보증을 섰다가 빚더미에 몰려 스
스로 목숨을 끊었다. 석우가 고등학교 1학년일 때였다. 세상에 어
머니와 자신, 단둘이 남은 뒤 석우는 이를 악물고 살았다. 아버지
처럼 남들에게 퍼주다가 이용만 당한 채 세상을 마무리하고 싶지
않았다. 더 악착같이, 더 독하게 자기 몫을 챙겨야 했다. 학교에서

든 직장에서든 석우는 항상 무언가를 좇았다. 눈에 보이지 않지만, 분명히 어딘가에 있을 성공이었다. 언제부터인가 사람들은 석우에게 주위 사람들을 돌아보지 않는다며 불만을 말했다. 어머니도, 아내도, 수안까지도. 주위를 둘러보라고? 주위가 무슨 상관이야. 내가 죽을 듯이 달려서 집을 이 정도로 일으킨 거잖아. 석우는 그렇게 생각하며 자신을 다독였다.

어머니는 석우 쪽으로 캠코더를 내밀었다.

"수안이가 되게 서운해했어. 학예횐데, 아빠가 없다고. 그래, 요즘 중요한 때지. 그런데 수안이한테도 중요한 때야."

자식보다 중요한 일이 어디 있겠니. 어머니는 마지막 말은 결국 하지 못하고 석우의 방문을 닫고 나갔다. 학예회? 곧 얼마 전에 어렵게 한자리에 앉아 저녁을 먹던 날이 떠올랐다.

'얼마 있으면 수안이 학예회지? 힘들겠지만, 아범도 시간 좀 내보렴.'

'……아빠도 오실 수 있어요?'

'수안이가 노래를 부른다네. 낮에 한두 시간만 뺄 수 없니?'

'아빠도 오셨으면 좋겠어요.'

수안의 말에 석우는 별생각 없이 그러겠다고 대답했다. 그리고 까맣게 잊어버린 것이다. 석우는 다시 긴 숨을 내쉬었다.

어머니가 나가고 얼마쯤 지나서야 석우가 캠코더를 집어 들었다. 화살표 버튼을 눌러 오늘 저장된 영상을 찾았다. 버튼을 누르

자 교복을 입고 칠판 앞에 서 있는 수안의 모습이 보였다. 석우는 수안의 모습에 빙긋이 웃었다.

'수안이가 노래를 할 거예요. 모두 박수!'

아이들의 주의를 끄는 선생님의 목소리가 영상 너머에서 흘러나왔다. 선생님의 말이 끝나자 아이들이 박수를 쳤다. 긴장한 듯 굳은 표정을 한 수안이 차분히 노래를 부르기 시작했다.

검은 구름 하늘 가리고
이별의 날은 왔도다
다시 만날 기약을 하고……

노래는 몇 소절 만에 끊겼다. 가사를 잊어버렸는지 수안이 불안하게 두리번거리기 시작했다. 수안은 노래는 더 부르지 않고 가만히 서 있었다.

　'괜찮아. 우리 아기, 계속해. 괜찮아.'

　수안을 달래는 어머니의 목소리에도 당황스러움이 묻어났다. 수안은 여전히 입을 다물고 섰다. 곧 아이들이 키득키득 웃기 시작했다.

　'자, 우리 응원의 박수!'

　선생님의 목소리에 아이들이 박수를 쳤다. 수안은 멀뚱히 카메라를 바라보고 있었다. 그 시선을 보던 석우는 마음이 답답했다.

＊

다음 날 아직 어스름한 푸른빛도 돌지 않는 이른 새벽, 석우와 수안은 차에 올랐다. 집을 나서는 수안의 표정이 밝았다. 저렇게도 좋을까. 석우는 오랜만에 보는 수안의 밝은 표정에 마음이 쓸쓸했다. 차가 서울역을 향해 출발하자 수안은 핸드폰을 꺼내 들었다.

"어, 엄마. 지금 출발했어. 아니, 아빠도 같이……. 응, 이따 봐."

전화를 끊자 수안은 고개를 돌려 창밖만 바라보았다. 둘 사이에 어색한 분위기가 흘렀다. 수안은 아빠가 좋았지만, 한편으로 낯설기도 해서 어떤 말을 해야 할지 몰랐다. 아빠와 이렇게 단둘이 있는 게 마치 처음인 듯싶었다. 수안은 괜히 조수석 창문을 내렸다 올리기를 반복했다. 머쓱하기는 석우도 마찬가지였다.

"그래, 오늘 생일인데 엄마랑 뭐 하기로 했어?"

"그냥 엄마랑 같이 있을 거예요."

석우를 바라보며 대답한 수안이 말이 끊기자 다시 창밖으로 시선을 돌렸다. 석우는 다시 말을 붙이기에 적당한 이야깃거리가 없는지 고민했다.

"어제 아빠가 수안이 노래하는 거 봤는데, 학예회에서."

수안은 깜짝 놀라 석우를 올려다보았다. 어제 아빠는 없었는데……. 수안은 혹시나 석우가 자신의 차례를 놓칠까봐 학예회 내내 마음을 졸였다. 결국, 석우는 수안의 차례가 될 때까지 나타나

지 않았다. 어딘가에 숨어 있는 건 아닐까? 어린 마음은 기대를 쉽
게 버리지 못했다.

　수안의 마음을 알 리 없는 석우는 짐짓 능청스럽게 말을 이었다.

　"아빠, 안 보는 것 같아도 다 보고 있어. 수안이 뭐 하는지 말이
야. 너 노래하다 말았지? 맞지?"

　"……네."

　수안은 속상해 고개를 숙였다.

　"왜 그랬어? 끝까지 해야지, 바보같이. 모든 일이 그래. 시작했
으면 중간에 포기하면 안 되는 거야. 그건 안 하는 것만 못……."

　빠아앙!

한참을 이야기하던 석우가 급하게 브레이크를 밟았다. 요란한 사이렌 소리와 함께 앰뷸런스 한 대가 석우의 차를 거의 칠 뻔하며 달려갔다. 곧이어 경찰차도 그 뒤를 따랐다. 소방차들도 몇 대나 줄지어 가고 있었다. 한적하던 도로가 금세 혼란스러워졌다. 수안도 갑작스러운 소리에 놀라 고개를 들어 창밖을 살피기 바빴다.

"어디 사고 났나?"

석우가 뒤이어 오는 앰뷸런스가 지날 수 있도록 차를 뒤로 뺐다. 앰뷸런스와 소방차의 행렬은 제법 길게 이어졌다. 길이 나기를 기다리는 동안 수안은 창밖으로 팔랑팔랑 내리는 눈을 보았다. 창문을 열어 손을 뻗자 눈은 수안의 손바닥 위로 사뿐히 내려앉았다. 수안은 조심히 쥔 주먹을 눈앞으로 가져와 펴 보았다. 손 안에 든 것은 눈이 아니라 회색 재였다. 재는 손 안에서 가볍게 부서졌다. 이상한 느낌이 들어 수안은 재를 창밖으로 얼른 털어버렸다.

길이 트이자 석우가 급하게 액셀을 밟았다. 그 바람에 수안의 몸이 덜컹거렸다. 석우의 차가 향한 방향 반대편 하늘 멀리에서 붉은 불길이 화를 내듯 일렁이고 있었다. 그 뒤로 구급차 소리가 다급하게 계속 들려왔다.


동이 다 트지 못한 새벽이지만 곧 출발할 첫차를 타려는 사람들 때문에 서울역 플랫폼은 활기를 띠었다. 쏜살같이 지나가 버린 달콤한 휴가를 뒤로하고 부대로 복귀하는 군인들, 전날 잠을 제대로 못 잔 탓에 부은 얼굴로 커피를 들고 기차에 오르는 회사원들, 동대문에서 산 옷 꾸러미를 양손 가득 들고 있는 아가씨들도 보였다. 동아리 MT 길에 올라 신이 난 대학생들과 그 젊음에 질세라 알록달록한 점퍼를 입고 깔깔깔 웃으며 시끄럽게 떠드는 중년의 등산객들도 있었다. 아줌마 한 명은 산에서 먹으려고 싸온 오이를 벌써 아작아작 씹고 있었다.

"네, 네, 이쪽입니다. 조심히 오르세요."

승무원 기철은 플랫폼에 서서 열차에 승차하는 승객들의 표를 확인하고 좌석을 안내해 주었다.

운전실로 들어온 기장은 오늘 운행할 열차 일정표를 확인했다. 운전실 한쪽 벽에 걸린 스피커에서는 승무원들이 보고하는 열차 안팎의 정보가 쏟아져 나왔다. 여느 때와 같이 별문제는 없어 보였다. 기장은 조종석을 가볍게 쓸며 콧노래를 흥얼거렸다. 오늘 열차의 목적지인 부산에서 초등학교 동창 녀석을 만나 술 한잔 하기로 했다. 도착지에 자신을 기다리는 사람이 있다는 건 오랫동안 기차를 몰아온 기장에게도 설레는 일이었다.

11호차 객실에는 야구 유니폼을 입은 남학생들이 자리를 잡느라, 서로 장난을 치느라 정신이 없었다. 신연고등학교 야구부 학생들이었다. 야구부는 친선 경기를 위해 부산으로 향하는 길이었다. 감독이 놀러 가는 게 아니라고 단단히 겁을 줬지만, 야구부원들은 오랜만에 학교 운동장을 벗어나 낯선 도시로 향하는 외출에 소풍이라도 가는 아이들처럼 들떠 있었다.

벌컥. 그때 11호차 문이 열리며 교복을 입은 긴 머리의 여학생이 객실로 들어섰다. 여학생의 당당한 등장에 야구부 학생들의 눈이 일제히 한쪽으로 쏠렸다.

"어, 이진희. 여기 웬일이냐?"

1번 등 번호를 단 까까머리 남학생이 반가운 듯 발딱 일어나더니 소리쳤다. 진희는 야구부원들을 한 번 쭉 둘러보면서 씩 웃었다. 그리고 목걸이로 단 단원증을 자랑스럽게 흔들었다.

"나, 너네 응원단장 됐잖아. 소식 못 들었냐?"

"오올."

우리한테도 응원단이 있었어? 남학생들은 환호하며 앞쪽에 앉은 영국과 뒤에 선 진희를 번갈아 쳐다봤다. 환호 소리는 점점 더 커졌다. 앞자리에 앉아 진희가 온 걸 미처 알아차리지 못한 영국은 갑작스러운 아이들의 환호에 무슨 일인가 싶어 뒤돌아봤다가 진희와 눈이 딱 마주쳤다. 진희가 영국을 향해 상큼하게 눈을 찡긋했다. 영국은 고개를 절레절레 흔들며 이어폰으로 양쪽 귀를 막고 창밖으로 고개를 무심히 돌렸다.

"뭐 듣냐?"

진희가 어느새 영국 옆자리에 털썩 앉더니 영국의 이어폰을 빼냈다.

"야, 이 씨. 그냥 딴 데 앉아라."

"어라? 암 것도 안 나오네?"

"내놔."

"나 참. 도영국, 너는 그냥 내가 좋아해 주면 '감사합니다.' 하면서 받아들여, 니 운명을……."

"오올~."

진희의 당돌한 애정 공세에 남학생들이 다시 환호하기 시작했다. 얼굴이 빨개지는 영국과 달리 진희는 당당했다. 오히려 아이들을 향해 손가락으로 브이까지 그려 보였다.

하여튼 항상 이런 식이지, 이진희. 영국은 동네 아이들을 모아 놓고 '도영국 내 꺼.'라고 으름장을 놓던 일곱 살의 어린 진희 모습이 떠올랐다. 진희와 영국은 어릴 적부터 한동네에서 같이 자란 소꿉친구였다. 새로운 곳에 이사 온 지 얼마 안 되어 동네에 친구가 없던 영국을 이리저리 끌고 다니며 아이들과 어울리게 해준 사람도 진희였다. 어릴 때 영국은 유난히 키가 작아 자주 괴롭힘을 당하곤 했는데 그럴 때마다 진희는 영국 대신 저보다 훨씬 덩치가 큰 남자애들과 싸웠다. 심지어 이겨 먹기도 했다. 그때부터 지금까지 영국은 모두에게 공공연히 '이진희의 남자'로 불려왔다.

재는 아직도 내가 꼬맹이인 줄 아나. 영국은 진희에게 등을 돌린 채 의자에 몸을 파묻고 야구 모자를 눈까지 푹 눌러 썼다.


석우와 수안은 특실인 3호차에 올라탔다. 석우는 수안의 손을 잡고 좌석 번호를 확인하며 자리를 찾았다. 둘은 사이좋게 나란히 앉은 할머니 두 사람을 지났다. 인길과 종길이었다. 마른 체구에 하얗게 센 머리, 유난히 주름이 많은 인길은 탱탱하게 볶은 파마머리에 곱게 화장을 하고 멋스러운 빨간 셔츠를 입은 동생 종길보다 겨우 세 살 위였다. 하지만 얼핏 보기에 둘은 열 살은 차이가 나 보였다. 6·25 때 부모를 잃은 뒤 홀로 동생을 키우기 위해 갖은 고생을 하다 보니 인길은 유난히 더 늙어버렸다.

인길은 손수건에 곱게 싸온 달걀을 조심스럽게 깠다.

"아유, 이게 다 뭐야?"

종길은 인길이 또 언제 이렇게 부지런을 부렸는지 놀라 말했다. 인길이 말끔하게 깐 달걀을 종길에게 내밀었다.

"종길아, 이것 좀 먹어 봐."

"언니, 쫌. 대전까지 한 시간이면 가는데……. 냄새나. 치워."

"그러지 말고, 먹어. 이거 좋아하잖아."

인길은 종길의 면박에도 하나만 먹어 보라고 달걀을 자꾸만 들이밀었다. 종길이 마지못해 한입 먹자 인길은 그 모습을 흐뭇하게 바라보았다. 어릴 적이나 칠십이 넘은 지금이나 인길은 종길이 먹는 모습만 봐도 행복했다.

수안과 석우가 자리를 찾아 앉았을 때 석우의 핸드폰이 울렸다. 김 대리였다.

'팀장님, 기차 타셨어요?'

"어, 김 대리. 왜?"

'새벽부터 전화가 너무 와서요. 안산 공단 쪽에서 밤사이 시위가 있었나 봐요.'

시위? 갑자기 무슨 시위? 석우가 눈을 동그랗게 떴다. 때마침 열차 안에 설치된 TV에서 방패를 든 전경들이 늘어선 모습과 대규모 시위가 일어났다는 파란색 자막이 눈에 들어왔다. 이런 일이 발생할 때마다 주식 시장은 급변했다. 폭락하든지, 폭등하든지. 이때를 기회로 삼아 새로운 걸 매입하든지, 아니면 더 손해를 보기 전에 매수하든지, 남들보다 빨리 계산해서 먼저 움직여야 했다. 석우는 TV 화면에 나오는 정보를 보며 빠르게 머리를 굴렸다.

"일단 관련 정보 취합해 보고 출근하면 연관된 종목들부터 추려놔. 점심 전에 들어갈 것 같으니까."

석우가 곧장 서울로 올라간다는 소리에 수안이 석우를 보았다. 점심? 수안은 엄마 아빠하고 함께 시간을 보내고 싶었다. 생일 하루 정도는 말이다. 셋이서 파티라도 할 줄 알았다. 수안은 시무룩해지는 걸 숨길 수 없었다. 석우는 수안의 눈치를 보며 전화를 끊었다.

열차를 타야 할 승객들은 모두 탑승한 듯 보였다. 플랫폼에는 승무원들만 남아 있었다.

"공오 시 삼십 분, 부산행 KTX 101, 승객 탑승 완료했습니다."

무전을 하던 기철은 건너편에서 유니폼을 갖춰 입은 혜원이 다가오는 걸 봤다. 혜원은 늘씬한 키와 상냥한 미소로 고객들은 물론 승무원들 사이에서도 가장 인기가 좋은 사람이었다. 기철은 그런 혜원을 볼 때마다 얼굴이 빨개지곤 했다.

"혜원 씨, 스카프……."

"아, 감사합니다."

기철이 앞으로 살짝 돌아간 혜원의 스카프를 가리키며 웃었다. 혜원은 곧바로 두 손으로 스카프를 제자리로 돌리며 마주 웃어 보였다.

플랫폼에 선 역무원이 사람들이 모두 탔다는 수신호를 하기 위해 손을 들었다.

"잠깐만요!"

　역무원이 손을 떨어뜨리기 전에 짧은 바지에 눈 화장이 다 번진 소녀가 정신없이 에스컬레이터를 뛰어 내려왔다. 소녀를 발견한 역무원이 기장과 팀장을 향해 대기 사인을 보냈다. 플랫폼으로 내려온 소녀는 다리가 불편한 듯 절뚝이면서도 이를 악물고 열차에 올라탔다. 거의 뛰어드는 듯한 몸놀림이었다.

　소녀는 일단 눈앞에 보이는 화장실로 들어갔다. 변기에 쓰러지듯 앉은 소녀는 거칠게 숨을 헐떡였다. 주르륵, 마스카라가 번져 검은 눈물이 소녀의 뺨으로 흘러내렸다. 소녀가 자신의 다리를 내려다보았다. 발목에 발톱이 날카로운 짐승이 마구잡이로 할퀸 듯한 상처가 보였다. 상처에 핏방울이 대롱대롱 맺히기 시작했다. 상

처를 눈으로 확인한 순간 소녀는 다시 흐느끼듯 울었다.

역무원의 수신호를 확인한 팀장은 승하차문 개폐 열쇠를 돌렸다. 철컥, 치이익. 모든 열차의 승하차 문이 동시에 닫혔다. 덜컹덜컹 바퀴 소리가 나며 열차가 출발하기 시작했다.

수안은 창밖을 봤다. 플랫폼의 풍경이 천천히 뒤로 물러섰다. 수안은 플랫폼에 홀로 남아 서 있는 역무원을 보았다. 역무원은 멀어지는 기차를 향해 손을 흔들었다. 수안도 따라 손을 흔들었다. 기차가 어느 정도 멀어지자 돌아서는 역무원이 갑자기 무언가를 본 듯 등을 뒤로 젖히며 놀라는 게 수안의 눈에 들어왔다. 곧이어 무언가가 역무원을 확 덮쳤다.

놀란 수안이 좀 더 자세히 보려 얼굴을 창에 바짝 붙였지만 열차가 플랫폼을 빠져나가는 바람에 자신이 본 게 무엇인지 확인할 수 없었다. 수안은 순간 멍했다. 석우를 돌아봤지만 석우는 핸드폰으로 뉴스 기사를 읽느라 바빴다. 수안은 다시 창밖을 보았다. 플랫폼은 멀어진 지 오래였다. 대신 창밖으로 아직 어둑한 서울 시내가 빠르게 지나가고 있었다.

열차가 광명역을 지났다. 심심해진 수안이 좌석 앞에 꽂힌 〈KTX 매거진〉을 꺼내 넘겨보았다. 몇 장 넘겨보며 여행지 풍경을 훑었지만 흥미롭지는 않았다. 이때 뒤쪽에서 점잖은 남자 목소리가 들려왔다.

"어유, 수고 많으세요. 저쪽에 이상한 사람이 한 명 타고 있는 거 같은데……."

수안은 소리가 나는 쪽을 보았다. 말끔하게 정장을 차려입은 중년의 용석이 승무원 팀장을 붙잡고 복도 쪽을 가리키고 있었다.

"아니, 저기 화장실에 이상한 사람이 있는 거 같아. 안에서 뭘 하는지, 좀 이상해……. 막 이상한 소리도 나고 말이야."

"그런 지 한참 됐어요."

문 근처에 앉아 있던 여자가 용석의 말을 거들었다.

"아, 네. 죄송합니다, 고객님. 바로 확인해보겠습니다."

팀장은 곧장 용석이 가리키는 쪽으로 향했다. 수안은 갑자기 오줌이 마려웠다. 석우는 어느새 핸드폰을 손에 꼭 쥔 채로 곤히 잠들어 있었다. 피곤해 보이는 석우의 얼굴에 수안은 조심스레 석우의 다리를 넘어갔다. 얼른 다녀와야지. 수안도 팀장이 향한 연결부 쪽으로 걸음을 옮겼다.

"저기, 승객님. 문 좀 열어 보시겠습니까?"

팀장은 화장실 문을 두드리며 말했다. 문이 잠긴 것으로 보아 분명 누군가 안에 있었다. 팀장은 화장실 문에 귀를 댔다. 안에서 낑낑거리며 앓는 소리가 새어 나왔다. 어떻게 움직이는지 뭔가 부딪혀서 쿵쿵거리는 소리도 났다.

"승객님?"

팀장이 몇 번 더 진득하게 문을 두드렸다. 좁은 화장실 안에서 무슨 일이 일어나고 있었다.

"문 좀 열어보세요. 계속 이러시면 강제로 열 수밖에 없습니다."

팀장의 협박에 마침내 화장실 문이 빠끔히 열렸다. 안에는 꾀죄죄한 몰골에 오십 대쯤으로 보이는 남자가 잔뜩 웅크린 채 눈치를 보고 있었다. 뭐야, 노숙자잖아. 팀장은 단박에 서울역에 모여 있는 노숙자라는 걸 알아봤다. 노숙자들이 티켓도 없이 몰래 열차에 올라타는 일이 종종 있었다. 팀장은 일단 정중하게 물었다.

"승객님, 티켓 좀 확인할 수 있을까요?"

팀장을 올려다보는 노숙자의 눈은 겁에 질려 있었다. 무임승차로 걸려서 겁을 먹었다고 하기에는 정도가 심할 만큼 노숙자는 벌

벌 떨고 있었다.

　"소지하신 티켓이 없으면 다음 역에 하차해서 역무원의 지시에 따르셔야 합니다."

　노숙자는 들릴 듯 말 듯 한 소리로 중얼거렸다.

　"죽었어…… . 죽, 죽었어…… ."

　"네?"

　노숙자는 횡설수설 알 수 없는 말을 하며 고개를 무릎에 묻고 흐느끼기 시작했다.

　"다 죽었어…… . 그런데 다시 살아나고…… 너덜너덜한데…… . 그리고 또 죽이고…… 눈알이…… 눈알이 달라. 다 죽었어. 다 죽어버렸다고…… ."

정신이 나간 놈이구먼. 팀장은 속으로 혀를 찼다. 도통 무슨 말을 하는지 알 수 없었지만, 노숙자가 매우 불안한 상태라는 사실은 확실해 보였다.

팀장을 따라 온 용석이 그 모습을 보고 고개를 절레절레 흔들었다. 한 열차 안에 저런 사람과 함께 있어야 한다는 게 탐탁지 않았다. 용석은 다시 자리에 가려고 돌아서다 수안과 마주쳤다. 용석은 장난치는 투로 말을 걸었다.

"야, 꼬마야. 너 공부 열심히 안 하면 나중에 저렇게 된다."

알겠니? 저런 실패자가 되면 안 되는 거라고. 수안은 그런 말을 하는 용석을 빤히 쳐다보며 대답했다.

"우리 엄마가 그런 얘기하는 사람이 더 나쁜 사람이랬는데."

예상치도 못한 수안의 대구에 용석은 멋쩍게 웃다가 이내 비꼬듯 말을 던졌다.

"니네 엄마 공부 못했나 보다, 야······."

용석은 손을 휘휘 저으며 다시 객실로 들어왔다.

저 집 애 엄마는 애한테 뭘 가르치는 거야. 결국, 그런 사람들이 성공하는 세상이라고. 용석은 이를 악물고 공부를 한 어릴 적 자신을 떠올렸다. 지긋지긋하게 가난한 집구석에서 그렇게 독하게 용을 쓰지 않았으면 저도 저 노숙자 꼴이 됐을지도 몰랐다. 장학금을 받아 대학을 마치고, 회사에 들어가 악착같이 버텼다. 그러는 동안 용석은 한 번도 고향 집을 찾지 않았다. 아무 도움도 되지 않은 가족들과 연락해서 좋을 게 없었기 때문이다. 괜히 돈이나 달라고 매달리겠지. 아쉬운 소리밖에 더 나오겠어?

용석은 대한민국에서 가장 큰 버스 회사의 상무가 된 자신이 자랑스러웠다. 이 자리에 오기까지 얼마나 애를 썼던가. 이번에는 뇌물 비리에 휘말려 자칫 곤욕을 치를 뻔도 했지만 용석이 누군가. 교묘하게 꼬리를 잘라 진흙탕에 빠지지 않았다. 그러나 아직 사장의 의심에서 완전히 벗어난 것은 아니므로 이번 계약으로 회사 안에서 입지를 다시금 다져야 했다. 이대로 무사히 넘어간다면 회사의 부사장 자리도 아예 남 일은 아니었다.

용석이 떠난 뒤 수안은 화장실 안에 있는 노숙자를 바라보았다. 노숙자의 시선은 멍하니 허공을 향해 있었고, 팀장은 하는 수 없다는 듯 노숙자를 일으키려 했다. 노숙자의 눈이 슬퍼 보였다. 수안은 두 사람을 뒤로하고 다음 화장실을 찾아 움직였다.

칙. 수안은 자동문을 열어젖히며 화장실을 찾아 열차 칸 하나를 더 건넜다. 이번에는 화장실 앞에 우락부락한 근육을 자랑하는 덩치 큰 삼십 대의 남자 상화가 서 있었다. 상화는 인상까지 험악했다. 수안은 상화를 힐끔 올려다보고는 애써 아무렇지 않은 듯이 화장실 문을 두드리려 작은 주먹을 내밀었다. 그때 상화가 수안의 손을 막으며 말했다.

"아가씨, 급해?"

수안은 고개를 끄덕였다.

"여기 시간이 좀 걸릴 거 같으니까 딴 데로 가. 안에 두 명이 싸고 있거든."

수안이 영문을 모르겠다는 표정을 짓자 상화가 수안 쪽으로 몸을 낮추어 비밀 이야기라도 하듯 은밀하게 속삭였다.

"게다가 한 명은 지독한 변비야."

쾅! 입 다물라는 듯 누군가 화장실 안쪽에서 문을 쳤다. 갑작스러운 소리와 문에서 전해오는 충격에 상화와 수안 모두 흠칫했다.

"미안해~. 미안해. 말 안 할게~. 근데 자기 아직도 멀었니?"

상화가 덩치에 맞지 않게 화장실 안쪽을 향해 굽실댔다. 수안은 그 모습을 보고 슬금슬금 다른 칸을 향해 다시 걸음을 옮겼다. 다음 칸으로 가는 자동문을 여는 수안의 귀에 화장실 안에서 여자가 소리치는 게 들렸다.

"야, 윤상화! 죽고 싶어? 쓸데없는 소리 할래?"

"알았대두~. 미안, 미안해~. 화내지 말고~ 일에만 집중해~."

화장실 안에 있는 사람은 상화의 아내 성경이었다. 상화가 세상에서 가장 사랑하면서도 가장 무서워하는 사람이었다. 둘은 대학 커플로 처음 만나 상화의 열렬한 구애로 결혼까지 성공했다. 결혼 6년 만에 부부에게 그토록 바라던 아이가 찾아왔다. 성경이 바다가 보고 싶다고 가볍게 한 말에 두 사람은 태교 여행 삼아 부산으로 향하는 길이었다.

상화는 성경을 기다리며 고개를 돌려 수안이 넘어간 문 쪽을 보았다. 수안은 어느새 객실 하나를 지나가 반대편 문을 열고 있었다.

소녀는 화장실 안에서 자신의 무릎 위를 스타킹으로 꽁꽁 묶었다. 얼굴에서 식은땀이 뻘뻘 흘렀다. 단발머리는 어느새 땀에 푹

젖어 있었고, 발목에 난 상처부터 시작해 푸른 혈관이 터질 듯 부어올랐다. 핏줄은 마치 땅에서 뻗어 나온 나무의 뿌리처럼 소녀의 다리를 파고들었다. 자신의 무릎을 꼭 움켜쥐던 소녀는 고통에 더는 못 참겠다는 듯 다시 흐느끼기 시작했다. 갑자기 눈앞에 자신 때문에 늘 학교로 불려와 머리를 숙이던 어머니가 보였다.

'죄송합니다. 이번 한 번만 잘 봐주시면 다시는…….'

소녀는 그동안 한 번도 하지 않았던 말을 중얼거렸다.

"잘못했어요……. 잘못했어, 엄마. 흐윽."

소녀는 눈물을 닦으며 화장실 문을 열었다. 발목은 떨어져 나갈 듯 아팠다. 통증 때문에 걷는 일조차 쉽지 않았다. 소녀는 다친 발을 질질 끌다시피 하며 걸어 나왔다.

고통 때문에 이를 악물었지만, 갑자기 소녀의 입이 저절로 움직이며 점점 잇새로 자신의 의지와 상관없이 말이 나오기 시작했다.

"씨발, 내 잘못도 아닌데 다 내 책임이라고 하고……. 다 지네들 잘못이면서……."

소녀의 얼굴은 점점 새하얗게 질려갔다. 푸른빛과 보랏빛의 혈관이 피부가 거의 없다는 듯 훤히 다 보일 정도였다. 목덜미와 이마는 부어오른 혈관들 때문에 울퉁불퉁한 혹이 돋은 것처럼 보였다.

"악!"

소녀는 고통에 찬 비명을 내질렀다. 그리고 눈앞이 뿌옇게 흐려지는 것을 느끼며 벽 쪽으로 주르륵 쓰러졌다.

마침 승무원 민지가 문을 열고 들어오다 쓰러지는 소녀를 발견했다. 소녀는 바닥에 널브러져 바들바들 떨었다. 간질 환자?! 민지는 머릿속으로 응급 대처 매뉴얼을 떠올렸다. 소녀는 입을 흉측하게 비틀며 허연 거품을 뿜어냈다. 팔과 다리 역시 이리저리로 마구 꺾어대고 있었다. 민지는 소녀에게 다가가 상태를 확인했다. 정신을 차리라고 소리 치고 뺨을 두들겼다. 소녀는 점점 더 격렬하게 몸부림을 쳤다. 민지는 황급히 무전기를 빼 들었다.

"팀장님, 여기요! 여기 11, 12호 연결부예요! 빨리 와 주세요! 응급 환자가 있어요!"


핸드폰 진동에 잠에서 깬 석우는 눈을 번쩍 떴다. 허전한 느낌에 옆을 보니 수안이 없었다. 석우는 열차 안을 천천히 둘러보며 전화를 받았다.

"어, 김 대리."

'팀장님, 이거 생각보다 심각한데요? 밤사이 일이 벌어진 게 안산만이 아니에요.'

"또 무슨 소리야?"

'저도 아직 파악은 안 되는데요. 아무튼, 단순 시위가 아니에요. 전국적 폭동이라고도 하고…….'

석우는 어물거리는 듯한 김 대리의 말에 짜증이 났다. 전국적 폭동? 왜? 석우는 객실 중앙에 걸린 TV를 쳐다봤다.

'긴급 속보 : 전국 각지에 대규모 시위'

'정부, 군 투입 및 강력 대응'

'무차별 폭력 시위에 부상자 속출'

자막과 함께 전경 버스 수십 대에 에워싸인 서울역이 TV 화면에 나오고 있었다. 불과 몇 십 분 전만 해도 석우가 있던 곳이었다. 그때도 저랬었나? 별다른 소리는 못 들었는데…….

석우가 고개를 갸우뚱하는데 팀장이 빠른 걸음으로 석우 옆을 가로질러 갔다. 팀장은 무전기에 대고 심각한 목소리로 말했다.

"호흡은요? 민지 씨, 정신 차리고. 그 사람 호흡은 어때요?"

'숨은 쉬는데요……. 발작이…… 너무 심해요! 아악! 이거 어떡해…….'

작은 소리였지만 심각한 기운이 석우에게 고스란히 전해졌다.

팀장은 다급히 문을 열고 다음 칸으로 갔다. 팀장의 뒷모습을 보던 석우가 다시 수안의 빈자리를 보았다. 얘는 어디 간 거야?

'팀장님, 팀장님? 어떻게 할까요?'

수화기 너머 김 대리 목소리에 석우는 그제야 아직 통화 중이었다는 사실을 깨달았다. 당장은 수안이 어디 있는지가 더 걱정이었다.

"김 대리, 내가 다시 걸게."

석우는 대충 전화를 끊고 팀장이 향한 쪽으로 걸어갔다. 가는 길에 혹시 몰라 빈 좌석들을 살폈지만 수안은 보이지 않았다.

인길과 종길도 TV 화면에서 눈을 떼지 못했다.

"어휴, 저걸 어째⋯⋯. 다치겠네. 사람들한테 저러믄 안 되지."

"언니는 참. 안 되긴 뭐가 안 돼? 나라 어지럽게 뻑 하면 데모질이야. 전쟁통이었으면 저런 것들은 벌써⋯⋯."

석우의 발걸음이 더욱 빨라졌다. 석우는 3호차 문을 열고 4호차 쪽으로 걸음을 옮겼다.


수안은 6호차와 7호차 사이의 연결부까지 와서야 겨우 빈 화장실을 찾았다. 똑똑. 노크를 해보니 안에는 아무도 없었다. 화장실 문을 여는데 갑자기 수안이 지나온 객실 문이 열리더니 팀장이 부리나케 달려 나왔다.

"정민지 씨! 민지 씨!"

탁, 탁, 탁, 탁. 뭐가 그렇게 급한지 팀장의 구둣발 소리가 요란했다. 수안은 기세에 놀라 팀장의 뒷모습을 잠시 쳐다보다 화장실 문을 마저 밀었다.

민지가 홀로 소녀를 진정시키기에는 역부족이었다. 몸을 떨며 발광하는 정도가 심했기 때문이다. 오히려 민지가 놀란 마음에 눈물을 찔끔 흘렸다.

"제발, 빨리 와라⋯⋯. 어떡해⋯⋯."

민지는 열리지 않는 문만 바라보며 발을 동동 구르는 것밖에 할 수 있는 게 없었다. 그때 소녀의 발작과 중얼거림이 조금씩 사그라졌다. 민지는 이때가 기회다 싶어 도움을 구하려 객실 쪽으로 몸을 돌렸다.

그때, 민지가 등을 돌리길 기다렸다는 듯 갑자기 소녀의 허리가 팽팽히 당겨진 활대처럼 휘었다. 인간의 뼈가 부러지지 않고서는 도저히 휘어질 수 없을 정도였다. 민지가 싸한 느낌에 고개를 돌려 소녀 쪽을 확인했다. 소녀는 허리를 완전히 뒤로 꺾은 채 그대로 상체를 들며 일어섰다. 어깨가 탈골되었는지 두 팔이 축 가라앉은 채 너덜거리듯 흔들렸다. 핏줄 때문에 팽팽하게 부풀어 오른 소녀의 이마가 픽, 픽, 소리를 내며 터졌다. 얇은 피부가 압력을 버티지 못하고 터져버린 것이다. 핏물이 수액처럼 걸쭉하게 흘러내렸다. 자신이 보고 있는 기괴한 상황이 믿을 수 없어 민지는 혼란에 빠져 있었다. 갑자기 진동하는 악취에 명치 깊숙한 곳에서 구역질이 치밀어 올랐다. 민지는 숨을 헐떡이며 멍하니 눈앞의 소녀를 바라봤다. 스르륵 소녀가 눈을 떴다. 그 눈동자가 숨을 헐떡이는 민지를 똑바로 쳐다봤다. 두 사람은 서로를 마주 보았다. 아니, 마주 보는 게 아니었다. 민지가 바라보고 있는 소녀의 눈에는 검은자위가 없었다. 새하얗게 표백된 흰 눈자위만이 민지를 향하고

있었다.

"꺄악!"

놀란 민지가 겨우 소리를 내질렀다. 캬아아아악! 그 소리가 신호라도 된 듯 소녀가 입을 아귀처럼 벌리며 달려들었다. 피부가 퍼렇게 질린 소녀가 턱 힘만으로 민지의 목을 물고서 공중에 대롱대롱 매달렸다. 우지끈, 살가죽이 찢어지는 소리가 났다. 민지는 허우적거리며 문을 열고 객실로 들어섰다. 화장실이 급해 자리에서 일어선 야구부 1번은 제 눈앞에서 펼쳐진 괴이한 광경에 놀라 그 자리에 우뚝 섰다. 살점이 뜯겨나간 민지의 목에서 붉은 피가 맹렬하게 뿜어져 나왔다. 그 붉은 피가 흘러내려 KTX 승무원의 파란색 유니폼을 적셨다. 어느새 민지의 유니폼은 짙은 자주색으로 변해갔다.

"살…… 살려…….'

민지는 숨을 헐떡이며 1번을 향해 살려달라고 손을 내밀다 앞으로 꼬꾸라졌다. 어, 어, 어. 1번이 어떻게 할 틈도 없이 우왕좌왕하는 사이 소녀는 1번에게 달려들었다. 키야갸캬캭! 괴상한 소리가 소녀의 목에서 터져 나왔다. 눈이 휘둥그레진 1번은 뒤로 풀썩 넘어졌다.

"뭐야……. 아악!"

소녀는 순식간에 1번의 목덜미를 물어뜯었다. 갑작스러운 비명에 무슨 일인가 싶어 야구부원들의 시선이 일제히 앞으로 쏠렸다.

모두 놀라운 광경에 놀라 입을 벌리고 서 있기만 했다. 영국이 화들짝 놀라며 좌석을 박차고 나갔다.

"야, 야, 쟤, 왜 저래? 뭐하는 거야!"

그제야 다른 야구부원들도 영국을 따라 우르르 몰려나갔다. 진희는 온몸에 소름이 돋았다. 평소 남부럽지 않은 강한 담력을 자랑했지만, 지금 객실에 펼쳐진 광경은 온몸을 마비시킬 정도로 끔찍했다. 소녀는 1번의 목을 문 채 좀처럼 떨어지지 않았다. 소녀는 눈을 부릅뜨고 있었지만, 그 눈에는 눈동자가 없었다. 민지는 객실 바닥에서 홀로 바르르 떨고 있었다. 조금 전의 소녀가 보인 것과 똑같은 동작이었다. 민지는 팔다리의 관절이 따로 노는 듯 몸을 비틀어대기 시작했다. 저주받은 마리오네트 인형 같았다.

이제 겨우 10호차에 도착한 팀장은 열차 안에 무슨 일이 생겼다는 걸 단박에 알아차렸다. 10호차의 승객들은 11호차에서 벌어진 소란을 유리 너머로 살피며 영문을 알아내느라 정신이 없었다. 누구도 선뜻 들어갈 용기를 내지는 못했다. 팀장은 사람들을 비집고 들어가 11호차 문을 열었다. 문이 열리자마자 두 사람이 기다렸다는 듯 10호차로 뛰어 들어왔다. 민지와 야구부 감독이었다.

"캬아아악!"

민지는 미친 듯이 발광하며 야구부 감독에게 달려들었다. 민지가 성난 개처럼 계속 입을 벌리고 덤벼들자 감독은 민지를 거칠게

밀었다. 민지는 힘에 밀려 뒤로 요란스럽게 넘어졌지만 끄떡없다는 듯 금세 일어나 다시 달려들었다. 아니, 정민지 씨……. 이게 무슨……. 팀장은 평소랑 너무 다른 민지의 모습을 보고 그대로 얼어붙었다.

11호차는 이미 난장판이었다. 변이를 일으킨 몇몇 야구부원들이 사람들을 미친 듯이 물어뜯고 있었다. 사람인가? 짐승인가? 괴물인가? 정체를 알 수 없는 존재들을 피하려는 사람과 그런 사람들을 잡아 물어뜯으려는 존재의 아우성 때문에 객실은 혼란스러웠다. 물리거나 할퀸 채 겨우 아수라장을 빠져나온 11호차 사람들이 몸을 피해 10호차로 들어오기 시작했다. 그러나 머지않아 그 사람들도 똑같이 발작을 일으키듯 관절을 꺾으며 떨어대기 시작했다.

팀장은 그제야 정신을 차리고 일단 감독에게 달려드는 민지를 떼어내려 했다. 그러나 한발 늦었다. 민지가 먼저 감독의 팔뚝을 물었다! 악! 감독의 비명에 놀라 팀장은 민지를 놓쳐버리고 말았다.

"미쳤어. 정민지 씨, 지금 제정신이 아니야……."

팀장은 주춤주춤 뒷걸음질 쳤다.

감독의 비명이 사그라지자 민지가 이번에는 팀장 쪽으로 고개를 돌렸다. 민지는 감독에게서 서서히 몸을 일으켰다. 구두 한쪽이 벗겨진 채로 비틀거리며 민지가 팀장을 향해 걸어왔다. 화장을 곱게 한 흰 얼굴에 파란 핏줄이 흉측하게 돋아나 있었다. 눈동자가 퇴색되어 흰자위만 보이는 민지가 피가 묻은 벌건 이를 드러냈다. 그제야 팀장은 정신을 번쩍 차리고 사람들을 향해 소리쳤다.

"넘, 넘어가요…….다들 저쪽으로 넘어가요!"

팀장의 목소리에 사람들이 움직이기 전에 11호차에서 변이된 사람들이 10호차 안으로 쏟아져 들어왔다. 동시에 10호차 안에서도 변이된 사람들이 생겨났다. 그들은 하나둘 삐거덕대며 몸을 일으키더니 다른 승객들에게 달려들기 시작했다. 민지가 팀장을 향해 몸을 던졌다. 간발의 차로 겨우 민지를 피한 팀장이 소리를 지르며 반대편 문을 향해 달리기 시작했다.

"피해요! 얼른 피하세요!"

몇몇 눈동자 없는 감염자들이 달아나는 팀장을 따라 빠르게 달리기 시작했다. 승객들은 승무원의 갑작스러운 외침에도 미처 달아날 생각을 하지 못하고 그 자리에 서 있기만 했다. 감염자들은 아직 영문도 파악하지 못한 사람들을 향해 거침없이 달려들었고, 승객들은 무방비 상태로 당할 수밖에 없었다. 곳곳에서 비명이 울려 퍼지고 울음소리가 울렸다. 이게 대체 무슨 일이야. 이게 도대체 무슨 일이냐고! 팀장은 달리며 무전기를 꺼내 소리쳤다.

"기장님! 폭력 사태! 객실에 폭력 사태가 벌어졌어요!"


석우는 6호차에서 7호차로 넘어가고 있었다. 저편에서 은색 양복을 입은 남자가 정신없이 뛰어오는 게 보였다. 열차 안에서 왜 저렇게 뛰는 거야. 남자는 옆으로 비켜서는 석우를 지나쳐 6호차 쪽으로 달렸다. 남자의 한쪽 팔에는 핏자국이 제법 크게 번지고 있었다. 다친 건가? 이상한 일이었다. 그 남자 뒤로 사람들이 계속해서 달려왔다. 그 사람들은 석우를 지나쳐 반대편을 향했다. 하나같이 겁에 질려 억, 억, 비명도 아닌 소리를 짧게 뱉고 있었다. 석우는 수안을 찾아 7호차로 들어갔다.

석우가 7호차로 들어간 지 얼마 안 되어 수안은 6호차와 7호차 연결부에 있는 화장실에서 나왔다. 수안은 방금 석우가 자신을 찾아 이곳을 지났다는 것을 알지 못했다. 위이이잉. 작은 손이 건조기 아래에서 꼬물거렸다. 건조기가 멈추자 수안은 그제야 발소리와 비명 소리가 울려 퍼지는 걸 들었다. 무슨 일이지? 수안은 화장실 안에서 그 소리가 잠잠해지길 기다렸다가 조심스럽게 나온 참이었다.

수안은 사람들이 계속 쏟아져 나오는 7호차 쪽을 보았다. 사람들은 정신이 없어 보였다. 문은 계속 열렸다 닫히기를 반복했다. 사람들은 7호차 너머에서 수안이 있는 쪽을 향해 소리를 지르며 뛰어오고 있었다. 우는 사람, 얼굴이 벌겋게 상기된 사람, 머리가 잔뜩 헝클어진 사람도 있었다. 7호차 사람들도 덩달아 어수선해졌다. 사람들이 왜 갑자기 난리를 부리는지 알고 싶은 사람들은 사람들이 쏟아지는 곳으로 고개를 들이밀었고, 어떤 사람들은 얼떨결에 함께 다른 열차 칸으로 옮겨갔다. 사람들 대부분은 불안해

서 목을 쭉 빼면서도 자리를 지키고 있었다. 수안은 7호차 칸 안에서 익숙한 뒷모습을 발견했다.

"아빠?"

틀림없이 석우의 뒷모습이었다.

팀장이 8호차에서 7호차로 들어오며 소리쳤다.

"다들 뒤로 가요! 뒤로! 빨리!"

7호차 사람들이 무슨 일이냐고 물으며 허둥지둥 가방을 챙기기 시작했다. 이런 소란에도 여전히 단잠에 빠진 여자도 있었다. 팀장은 이어폰을 낀 채 잠이 든 여자를 흔들어 깨웠다.

"일어나요! 빨리 일어나!"

여자가 잠에서 깨 정신을 차리기도 전에 7호차로 감염자들이

들이닥쳤다. 짐을 챙기던 승객들이 감염자들의 해괴한 몰골에 놀라 눈을 동그랗게 떴다. 감염자들은 순식간에 승객들을 향해 달려들었다. 감염자 무리 중에는 민지도 있었다. 민지는 목표가 오로지 팀장 하나라는 듯 팀장을 발견하자마자 입을 벌리고 달려들었다.

"캬아아악!"

"저리 가!"

미처 민지를 밀쳐내지 못한 팀장은 그녀를 끌어안고 좌석 쪽으로 나뒹굴었다. 민지는 넘어지는 와중에도 팀장을 물려고 버둥거렸다. 팀장은 가까스로 민지의 턱을 반대편으로 돌렸다. 투툭, 민지의 턱에서 관절이 틀어지는 소리가 났다. 그러나 민지는 아무런 고통도 느끼지 않는 듯했다. 표정 하나 바뀌지 않은 채로 민지는 팀장의 손을 꺾더니 어깨를 물었다.

석우는 땅이 발에 붙은 듯 멍하게 서 그 장면을 바라보았다. 자신의 눈앞에 펼쳐진 광경을 믿을 수 없었다. 사람이 사람을 물어뜯고 있다……. 마치 짐승처럼……. 좌석 밖으로 삐져나와 있던 팀장의 발이 허우적대다 마침내 축 처졌다.

'다시 말씀해 주세요. 무슨 폭력 사탭니까? 팀장님? 팀장님?'

팀장이 바닥에 떨어뜨린 무전기에서 기장의 목소리가 터져 나왔다. 민지가 만족한 듯 팀장을 놓고 일어났다. 팀장이 틀어 버린 민지의 턱은 여전히 뒷덜미 쪽으로 돌아가 있었다. 입가에서는 피가 흘렀다. 민지는 팀장이 깨우던 여자 쪽으로 고개를 돌렸다. 꿈

찍한 광경을 바로 눈앞에서 똑똑히 본 여자는 너무 놀라 입을 벌
리고도 비명조차 지르지 못했다. 민지는 빠르게 여자에게 달려들
었다. 얼마 지나지 않아 쓰러져 있던 팀장이 몸을 비틀기 시작했
다. 몸이 크게 휘었다 풀어지기를 반복하더니 팀장이 엉거주춤한
자세로 일어났다. 하얗게 탈색된 눈동자에 관절이 따로 노는 듯
움직이는 그 모습이 기괴했다.

　'뭐지? 방금…… . 다시 살아난 건가? 어떻게?!'

　석우는 몸을 움직일 생각조차 하지 못하고 그런 팀장을 보고 서
있었다.

　"아빠?"

석우가 멍한 얼굴로 소리가 나는 쪽으로 고개를 돌렸다. 수안이었다. 아이의 얼굴을 보자 석우는 정신이 번쩍 들었다. 여기서 달아나야 한다! 수안을 지켜야 한다! 변이를 마친 팀장이 석우를 향해 달려오기 시작했다. 놀란 수안의 눈이 커졌다. 그와 동시에 석우가 달려가 수안을 안아 올린 채 급히 달렸다. 위잉, 석우가 빠져나가자 객실의 자동문이 닫혔다. 팀장은 팔을 뻗어 닫히는 자동문 사이를 비집고 들어왔다. 자동문은 쉽게 다시 열렸다. 젠장! 석우는 앞을 향해 온 힘을 다해 달렸다.

수안은 아빠의 어깨에 매달린 채 열차 안에서 펼쳐지는 끔찍한 광경을 모두 지켜보았다. 자신의 자리를 지키고 있던 승객들은 손쓸 틈도 없이 하나둘 물어뜯겼다. 감염자들은 마치 굶주린 짐승처럼 사냥감을 쫓아 끊임없이 바쁘게 움직였다. 물어뜯긴 사람들은 얼마 지나지 않아 모두 비슷하게 몸을 비틀며 자리에서 일어나기 시작했다. 그리고 곧 괴성을 내지르며 사람들에게 달려들었다. 살려주세요! 살려주세요! 사람들의 비명과 감염자들의 괴상한 울부짖음이 하나로 뒤섞였고, 7호차 안에는 피비린내가 진동했다. 이건 꿈이야. 잠에서 깨면 다 사라질 거야. 수안은 눈을 꼭 감았다.

5호차를 향해 달려가던 석우의 앞에 아까 지나간 은색 양복 남자가 다시 나타났다. 그 남자의 뜀박질이 조금 이상했다. 뛰는 속도가 점점 느려지더니 남자는 다리를 질질 끌며 앞으로 움직이고 있었다. 갑자기 남자의 허리가 활처럼 뒤로 휘었다. 석우는 그제야 아까 남자의 팔뚝에 난 상처를 떠올렸다. 석우는 바들바들 떠는 은색 양복 남자를 힘껏 밀치고 앞쪽으로 달렸다.

"자기! 자기야? 멀었어?"

상화가 화장실 문을 초조하게 두드렸다. 대답 대신 문이 벌컥 열렸다. 상화보다 한참 체구가 작은 성경이 불룩한 만삭의 배를 잡으며 나왔다. 성경은 못 말린다는 듯 상화를 살짝 흘겨보았다. 상화는 쩔쩔매며 미소를 지었다. 격투기 도장을 운영하며 운동으로 단련된 크나큰 체구의 상화와 유난히도 체구가 작은 성경은 얼핏 보면 어울리지 않았다. 하지만 사실은 보면 볼수록 둘은 어쩜 이렇게도 잘 만났나 싶을 정도로 매우 잘 어울리는 한 쌍이었다. 성경이 덩치가 자신의 세 배쯤 되는 상화를 휘어잡는 모습이나 험악한 얼굴의 상화가 성경 앞에서 쩔쩔매는 모습을 보면 서로 짝을 잘 만났다는 걸 누구나 바로 알 수 있었다.

"야, 윤상화, 자꾸 시끄럽게……."

"미안, 미안. 근데 저쪽에 무슨 일이 난 거 같아."

상화가 조심스럽게 5호차 쪽을 가리켰다. 성경도 상화의 손이 가리키는 곳으로 고개를 돌렸다.

"어?"

유리문 너머로 비명을 지르며 넘어오는 사람들이 보였다. 곧 상화와 성경이 있는 연결부의 유리문도 열렸다. 등산복을 입은 아줌

마가 연결부로 빠져나오기 무섭게 등산복을 입은 아저씨가 뒤에서 아줌마를 덮쳤다. 상화는 얼른 성경을 제 몸 뒤로 숨겼다.

"저리 가! 놔 줘!"

"캬아악캭!"

아줌마와 아저씨는 바닥에 한데 엉켜 격렬하게 몸부림쳤다. 아저씨는 입을 벌리고 달려들었고, 아줌마는 주먹으로 사정없이 그얼굴을 때렸다. 아줌마는 필사적으로 막아내고 있었다. 수안을 안고 달려오던 석우도 그 자리에서 멈춰 설 수밖에 없었다. 빨리 지나가야 했지만 두 사람이 온 바닥을 뒹굴며 싸우고 있어 걸음을 옮기기 쉽지 않았다.

성경이 얼른 상화를 밀었다.

"이 새끼야, 빨리 도와줘!"

"어? 어!"

성경의 손길에 정신을 차린 상화는 아저씨를 말리기 위해 달려갔다. 상화가 등산객 아저씨의 어깨를 붙잡았다. 그러자 아저씨는 몸을 돌려 다짜고짜 상화에게 달려들었다. 아저씨의 이와 입 주변이 피로 벌겠다. 눈도 희뿌연 것이 정상인처럼 보이지 않았다.

"어어어, 왜 이래?"

상화는 밀리듯이 뒷걸음질을 쳤다. 저를 보며 무섭게 턱을 벌렸다 닫기를 반복하는 아저씨에게서 일단 거리를 유지해야 했다. 엉겁결에 상화는 아저씨를 잡아 돌려 화장실로 밀어 넣었다. 상화 덕분에 길이 뚫리자 석우는 그대로 상화와 성경 사이를 달려 지나갔다. 화장실 안쪽에서 아저씨가 미친 듯이 몸을 문에 찧어 댔다. 삐쩍 마른 아저씨가 힘은 왜 이렇게 세? 이게 사람 힘이야? 상화는 온몸으로 화장실 문을 막고 선 채 놀란 표정을 짓고 선 성경에게 윙크를 슬쩍 날렸다. 상화 덕분에 겨우 벗어난 아줌마가 다시 달아나기 위해 문 쪽으로 기기 시작했다. 이때 5호차에서 등산복을 입은 사람들이 우르르 아줌마에게 달려들었다. 마치 사냥감을 물어뜯는 하이에나들처럼 아줌마 하나를 붙잡고 살점을 뜯어대고 있었다.

"이게 대체……."

성경은 아줌마와 사람들이 나뒹구는 모습을 넋 나간 얼굴로 지켜보고 있었다.

"자기야, 자기야!"

"······."

"야, 때지야!"

그제야 성경이 휙 상화를 돌아보았다. 상화가 어색하게 웃으며 말했다. 웃고 있지만 목소리에는 긴장이 잔뜩 서렸다.

"미안, 미안. 근데 자기⋯⋯ 뛸 수 있는 거지?"

석우는 수안을 안고 겨우 3호차로 돌아왔다. 그곳에서야 석우는 겨우 가쁜 숨을 내쉬었다. 3호차 안은 이미 도망쳐 온 사람들로 가득 차 있었다. 객실 TV에서는 전국 곳곳에서 폭동이 일어났다는 뉴스 방송이 나오고 있었다. 방송국 카메라마저 무언가에 쫓기듯 달리느라 화면은 엉망이었다. 뉴스 자료 화면으로 나오는 영상에서는 군 헬기 여러 대가 요란스러운 소리를 내며 날고 있었다. 그리고 헬기에서 무언가가 바닥으로 뚝뚝 떨어졌다. 헬기에 매달려 있던 감염자들이었다. 화면이 바뀌고 카메라를 든 사람을 감염자들이 공격하는 영상이 흘러나왔다. 열차 뒤 칸에서 쏟아지고 있는 괴물들이 TV 화면 안에서도, 기차 밖에서도 미쳐 날뛰고 있었다. 카메라는 바닥에 떨어진 듯 그마저도 제대로 비추지 못했다. 화면은 이리저리 달리는 발들과 피로 번진 거리만을 비추고 있었다. 열차 안의 사람들은 방금 본 일을 믿을 수 없다는 듯 넋이 나간 채 서 있었다.

대체 무슨 일이야? 용석은 넋 놓고 서 있는 사람들과 희한한 광경을 비추는 TV를 보며 알 수 없다는 표정을 지었다.

3호차의 유리문으로 성경과 상화가 멀리서 달려오고 있는 모습이 보였다. 성경은 부풀어 오른 배를 부여잡고 뛰었다. 그 뒤로 은색 양복이 괴성을 지르며 쫓아오고 있었다. 그 광경을 보고 사람들이 비명을 질렀다. 두려움에 질린 사람이 2호차 쪽을 향해 달아나기 시작했다. 서로 빨리 가려고 밀치는 바람에 3호차 객실도 금세 아수라장이 되었다.

용석은 무슨 일인가 싶어 4호차 쪽을 돌아보았다. 성경과 상화 그리고 은색 양복이 3호차 쪽으로 더 가까워졌다. 은색 양복은 입을 벌리고 괴성을 내질렀다. 용석은 처음 보는 감염자의 모습에 처음에는 놀라서 말을 잇지 못했다.

"막아."

중얼거리듯 말하던 용석이 갑자기 버럭 소리를 질렀다.

"막아!"

그 소리에 석우가 문 쪽으로 고개를 돌렸다. 석우의 눈에는 상화와 성경보다 은색 양복을 입은 남자가 더 가까워 보였다. 석우는 수안을 내려놓고 문으로 다가갔다. 문을 닫으려고 손잡이를 잡아 당겨보았지만 자동문 상태라 힘으로 닫히지 않았다. 어디 스위치가 있을 텐데……. 석우는 빠르게 문 위쪽의 틈을 살폈다. 틈 안에 자동을 수동으로 바꾸는 스위치가 있었다. 석우는 손을 뻗어

스위치를 돌렸다.

"잠깐만요! 잠깐만!"

"닫지 마!"

성경과 상화가 달려오며 소리쳤다. 문까지 거리가 얼마 남지 않았다. 잠시만 기다려 준다면 충분히 들어갈 수 있었다. 석우는 문을 잡고 잠시 망설였다.

"뭐하는 거야! 그냥 닫아!"

용석이 버럭 소리쳤다. 은색 양복이 내지르는 괴성이 점점 더 가까워졌다. 눈동자가 사라진 흰 눈은 어디를 바라보고 있는지 헷갈렸다. 은색 양복이 노리는 게 뭔가? 저 사람들인가? 아니면, 나? 석우는 이를 악물고 문을 닫았다. 저것에 물리면 곧바로 괴물로

변했다. 상처를 입어도 마찬가지였다. 감염자 하나면 이곳도 끝장
이었다. 그래, 여길 지켜야 해. 석우가 문을 닫자 수안의 눈이 휘둥
그레졌다.

　성경이 닫힌 문을 향해 달려들었다. 유리문을 사이에 두고 성경
과 석우의 눈이 마주쳤다. 성경은 당황한 기색이 역력했다. 석우는
성경의 시선을 피했다. 곧이어 도착한 상화가 손바닥으로 거칠게
문을 두드렸다.

　"열어!"

　"아저씨, 뒤!"

　수안이 손가락으로 상화의 뒤를 가리키며 소리쳤다. 상화가 놀
라 돌아보니 은색 양복이 성경을 향해 몸을 날리고 있었다. 상화

는 빠르게 성경을 안아 뒤로 빼내며 은색 양복을 향해 주먹을 뻗었다. 스트레이트가 정확하게 은색 양복의 턱으로 들어갔다.

퍽! 우당탕! 주먹에 맞은 은색 양복은 뒤로 나뒹굴었다. 석우와 3호차 객실 안에 있는 사람들은 어안이 벙벙한 얼굴로 그 광경을 보고 있었다. 스르륵. 문을 잡고 있던 석우의 손에 힘이 빠졌다. 그 틈을 타 성경이 문을 열고 3호차 안으로 들어왔다.

쓰러진 은색 양복이 다시 꿈틀거렸다. 아까보다 더 삐거덕대며 기괴하게 몸을 일으켰다. 은색 양복 뒤로 등산복을 입은 사람들도 몰려들었다.

상화가 3호차로 들어와 문을 닫는 동시에 간발의 차로 은색 양복과 등산복을 입은 사람들이 유리문에 퍽하고 부딪혔다. 퍽, 퍽, 퍽. 감염자들은 상화를 노려보며 유리문에 머리를 박기 시작했다. 사실 상화를 보고 있는지도 알 수 없었다. 뿌연 눈동자를 부릅뜨고 유리문에 얼굴과 몸을 비벼대고 있을 뿐이었다. 감염자들이 유리문에 빼곡하게 얼굴을 들이민 광경은 징그럽고 기괴했다. 무서움에 질린 3호차의 사람들은 최대한 2호차 쪽으로 물러났다. 석우도 수안을 뒤로 숨기며 조금씩 뒷걸음질 쳤다.

상화만 홀로 문손잡이를 잡고 주위를 살폈다.

"이씨. 이거 어떻게 잠가? 어? 야! 너 이 문…… 어떻게 잠그냐고! 어?"

상화가 석우를 향해 물었지만 석우는 대답하지 않고 감염자들

71

의 행동을 살폈다. 감염자들은 상화를 보며 입을 벌려대고 머리로
문을 들이받았다. 이상했다. 감염자들은 문 안쪽의 상화에게 온 신
경이 쏠려 있을 뿐 손잡이 따위에는 관심이 없었다. 문을 여는 듯
한 자세도 취하지 않았다. 문을 열 생각이 없는 걸까? 생각을 할
수 없는 걸까?

"야, 이 새끼야. 내 말 안 들려? 어?"

석우가 더듬거리며 말했다.

"그거…… 그거 한 번 봐 봐요."

"뭐? 이 새끼가, 또 누굴 죽이려고."

"저 사람들…… 문 열 줄 모르는 거 같아."

석우의 말에 그제야 상화도 감염자들을 유심히 보았다. 그들의
얼굴은 오롯이 눈앞에 있는 상화를 향해 있었다. 상화는 천천히
손잡이를 놓았다. 감염자들은 여전히 유리에 얼굴을 빼곡히 드밀
기만 할 뿐이었다. 상화가 천천히 뒷걸음질을 쳤다. 갸르릉, 갸르
릉. 감염자들이 내는 짐승 같은 소리만 열차에 가득했다. 감염자들
은 상화를 노려보았다.

"그냥 보이니까 달려드나 봐."

석우의 말에 성경은 주위를 크게 둘러봤다. 바닥에 아무렇게나
굴러다니는 생수병을 집더니 유리문에 물을 뿌렸다.

"어어, 뭐하는 거야, 자기야?"

성경의 갑작스러운 행동에 상화가 깜짝 놀라 말렸다. 그러다가

저것들이 덤벼들면 어쩌려고……. 성경은 망설임 없이 바닥에 떨어진 신문을 들어 젖은 유리에 척 붙였다. 순식간에 끔찍한 풍경이 차단되었다. 놀랍게도 저편의 감염자들이 서서히 조용해지기 시작했다.

어떻게 된 거야. 잠잠해졌잖아? 사람들이 그제야 서로의 얼굴을 바라보고 알 수 없다는 표정을 지었다. 용석이 사람들 틈을 비집고 나왔다.

"지금 저게……. 저것들 왜 저래?"

누구도 그 질문에 대답할 수 없었다. 아무도 이유를 몰랐기 때문이다. 객실 안 사람들도 영문을 모르겠다는 얼굴로 그저 서로를 한 번씩 볼 뿐이었다. 석우는 허리를 숙여 수안의 어깨를 짚고 아이의 몸을 살폈다.

"수안아, 괜찮아?"

수안은 떨고 있었지만 곧 고개를 끄덕였다. 그때 누군가 석우의 어깨를 톡톡 두드렸다. 상화였다.

"저기요."

석우가 째려보듯 상화를 보았다.

"뭡니까?"

"너 나한테 할 얘기 있지 않으세요?"

"무슨 소리야."

"이런 뻔뻔한 새끼."

상화는 자신 앞에서 당당한 석우의 태도에 화가 났다. 자칫하면 그 자리에서 성경과 함께 저 꼴이 날 뻔했다. 사람을 코앞에 두고도 문을 닫아버리다니. 상화는 피식 웃으며 석우에게로 몸을 들이밀었다.

　　"이 새끼 봐라. 사람 코앞에서 문을 닫아? 아주 뒈질라고, 이 새끼가."

　　"말조심해요."

　　석우는 수안을 자신의 뒤로 숨기며 차갑게 말했다.

　　"당신만 위험했던 건 아니니까."

　　"이런 개종자 새끼를 봤나."

　　상화가 석우의 멱살을 잡았다.

　　"일로 와봐, 이 새끼야. 내가 저쪽으로 던져 버릴라니까. 일로 와!"

　　성경이 석우의 멱살을 잡은 상화의 손을 잡았다.

　　"그만해!"

　　상화가 성경을 보았다. 이놈은 정말 혼나 마땅하지 않나? 성경이 왜 말리는지 이해할 수 없었다. 성경은 애써 목소리를 가라앉히며 차분히 말했다.

　　"다들 겁이 나니까 그런 거야……. 그만해."

　　성경이 말리는 통에 마지못해 멱살을 놓았만 상화는 쉽게 분이 풀리지 않았다. 상화는 석우를 노려봤다. 상종도 하기 싫은 인간.

객실 스피커에서 마이크 소음이 잠시 나더니 기장의 목소리가 나왔다.

'승객 여러분께 알려 드립니다. 우리 열차는 열차 사정상 잠시 후 진입하는 천안아산역에 정차하지 않습니다. 승객 여러분은 안전을 위해 모두 자리에 앉아 주시길 바랍니다. 다시 말씀드립니다. 우리 열차는 잠시 후 진입하는 천안아산역에……'

방송이 나오자 사람들이 웅성대기 시작했다. 무슨 소리야? 여기 계속 있으라고? 저것들이랑? 승객들을 발을 굴렀다. 사람들은 얼른 이 지옥 같은 열차에서 내려 안전한 곳으로 갈 수 있기를 원하고 있었다.

"왜? 왜 안 멈춰?"

용석이 사람들을 거칠게 헤치고 2호차와 3호차의 연결부를 향해 걸어갔다. 용석은 연결부에 있는 응급통화 버튼을 찾아 눌렀다.

"승무원! 승무원 없어요?!"

잠시 후 기계 안에서 승무원 기철의 지친 목소리가 들려왔다.

'네, 승무원입니다. 말씀하세요.'

"당신들, 지금 열차 안에서 무슨 일이 일어났는지 몰라? 천안역에 왜 안 세우는데?"

'아니요. 알고 있습니다. 저도 지금 대피해 있는 상태고요. 관제실에서…… 그렇게 하랍니다. 지시에 따르셔야 해요.'

"지금 코앞에 미치광이들이 득실거리는데 무슨 관제실 타령이야?! 천안역에 무조건 열차 세워! 알았어?!"

용석이 버럭 소리를 질렀다. 이럴 때일수록 성질을 내줘야 말을 듣는다. 얌전히 있다가는 손해만 볼 뿐이다. 사람들은 목소리가 큰 사람의 말에 귀를 기울인다. 용석이 거래처를 상대하며, 직원들을 해고하며 쌓아온 노하우였다. 사람들은 똥이 더러워서 피한다. 흉한 것부터 치우고 싶어 하는 게 당연지사다. 근데 이번에도 이게 통할까? 이 기차를 통제할 수 있는 자가 대체 누구란 말인가.

석우의 핸드폰이 진동했다. 발신자를 보니 어머니였다. 석우는 얼른 전화를 받았다.

'석우야, 잘 가고 있어?'

"그냥 가고 있어요."

어머니한테 차마 열차 안의 사정을 이야기할 수 없었다. 어디서 부터 어떻게 설명하지? 사람을 잡아먹는 괴물이 나타났다고? 뼈가 부러져도 고통도 느끼지 않는다고? 그런 지옥철에 수안이랑 있다고? 석우는 어머니에게 집 밖으로 나가지 말라고 말하려 했다. 그런데 이미 수화기 건너가 시끄러웠다.

"어머니는 어디세요? 왜 이리 시끄러워요?"

'에고……. 새벽 장에서 고기 좀 사려고 나왔어. 허억, 근데 이게 다 뭔 일이라니. 허억, 왜 이렇게들 싸우고……. 너랑 수안이는? 허억, 괜찮지?'

"거기 어디에요? 괜찮아요? 숨을 왜 그렇게 쉬어? 다쳤어요?"

어머니의 거친 숨소리가 석우의 귓가에 닿았다. 어머니는 점점 숨을 가쁘게 쉬기 시작했다. 헐떡이는 숨소리를 듣자 석우의 가슴이 요동치듯 빠르게 뛰었다.

"어머니, 제 말 잘 들어요. 지금 당장⋯⋯."

'석우야, 우리 석우⋯⋯. 우리 불쌍한 내 새끼⋯⋯. 수안이 좀 잘 좀 챙겨줘⋯⋯.'

"괜찮아요? 괜찮은 거죠?"

'수안이, 우리 수안이⋯⋯. 내 강아지. 에고, 내가 그렇게 예뻐하는데⋯⋯ 제 어미만 찾는 내 새끼⋯⋯.'

어머니는 더욱 숨을 헐떡댔다. 이제는 거의 숨이 끊어질 듯 헐떡거림이 격렬했다. 숨이 멎은 듯 고요해졌다가 다시 거칠게 숨을 내쉬기를 반복하다 갑자기 어머니의 목소리가 걸걸하게 변했다. 말투까지 싹 달라졌다.

'지 뒷바라지하는 공도 모르고⋯⋯. 나만 빼고 다들 지들 살길만 사는 새끼들⋯⋯. 썩을 놈들⋯⋯. 으⋯⋯. 으⋯⋯.'

"어머니⋯⋯."

'죽어⋯⋯.'

컥, 어머니의 숨이 끊어지는 소리가 들렸다. 석우는 순간 눈앞이 캄캄했다. 툭, 어머니의 핸드폰이 바닥에 떨어진 모양이었다.

"어머니?"

'크아아아악! 크윽······. 캭!'

잠시 후 대답 대신 이어지는 괴성은 틀림없이 어머니의 목소리였다.

석우는 전화기를 내려놓으며 힘없이 고개를 숙였다. 어떤 일이 일어났는지 굳이 보지 않아도 알 수 있었다. 방금 자신이 열차 안에서 본 감염자처럼 됐을 것이다. 다른 사람도 아니고 자신의 어머니였다. 모르는 사람이 아니라 저를 낳아주고 길러준 어머니였다. 평생을 저에게 죄인처럼 미안해 한 어머니였다. 자신이 바라는 것은 입 밖으로 내본 적이 없는 어머니였다. 석우는 가슴이 먹먹하고 눈시울이 뜨거워졌다. 슬픔과 죄책감이 가슴을 무겁게 짓눌렀다.

석우는 자신을 보고 있던 수안과 눈이 마주쳤다. 어머니가 마지막으로 한 당부의 말이 떠올랐다. 무슨 일이 있어도 수안을 지켜야 한다······. 수안도 방금 통화를 끝낸 석우가 이상해 보여 무슨 말을 하려는 찰나였다.

그때, 열차가 갑자기 속력을 줄였다.

"아아악!"

그 바람에 자리를 잡지 못하고 서 있던 사람들이 앞으로 쏠렸다. 치직! 열차 안에 배전반과 실내조명이 꺼졌다. 당황한 수안이 얼른 석우에게 안겼다. 석우는 그런 수안을 품에 꼭 안고 괜찮다며 등을 두드려주었다.

열차는 속력을 늦추며 천안아산역으로 들어가고 있었다. 사람들은 불안한 마음을 애써 추스르며 창밖을 보았다. 천안에만 도착하면 이 끔찍한 곳에서 나갈 수 있을 거라는 희망이 사람들을 위로했다.

암 그래야지. 기차가 속도를 줄이자 사람들은 만족한 듯 고개를 끄덕였다. 그때였다.

"세워! 제발 세워!"

한 청년이 갑자기 플랫폼에서 열차를 향해 달려들었다. 청년은 미친 듯이 열차 창문을 두드렸다.

"세워! 세우라고!"

피투성이가 된 채 마구 찢어진 옷을 입은 청년은 주먹으로 간절하게 창을 두드렸다. 몰골은 정상인지 감염자인지 쉽게 구분되지 않을 정도로 만신창이었다. 절박한 검은 눈동자만이 청년이 아직 감염되지 않았다는 사실을 말해줬다. 열차 안의 사람들은 절망스러운 표정으로 청년을 바라봤다. 열차 밖도 안전하지 않았다. 안전한 곳이 있긴 한 걸까.

청년에 이어 다른 사람들도 한 무더기로 달려와 열차의 창문을 두드렸다.

"문 좀 열어주세요! 제발요! 제발!"

열차를 기다린 걸까. 사람들은 간절하게 애원했다. 그 뒤로 감염자들이 모습을 드러냈다. 아악! 창문을 두드리던 사람들은 감염자들을 보고 더욱 악을 썼다. 감염자들은 아랑곳하지 않고 열차에 매달린 사람들을 향해 달려들었다. 창 하나를 사이에 두고 또다시 사람들이 죽어가는 광경이 펼쳐졌다.

석우가 창밖의 상황을 보고 놀란 표정을 감추지 못하는 수안의 눈을 손바닥으로 가렸다. 그러나 창밖에서 악을 쓰는 소리가 고스란히 전해졌다. 열차는 결국 다시 속력을 내어 출발했다.

천안역을 빠져나온 열차는 그대로 대전역을 향해 달렸다. 황금빛 아침 햇살이 열차 안으로 반짝이며 쏟아졌다. 유난히도 맑은 하늘이 눈부셨다. 열차는 녹음이 짙은 산속 터널을 지나 강가를 따라 달렸다. 서울에서 부산까지 경부선이 펼쳐 보이는 풍경은 무척이나 아름다웠다. 창밖의 하늘과 풀과 나무들은 평화롭게 열차를 배웅하고 있었다. 어떤 일이 일어나고 있는지 아무런 상관이 없다는 듯한 평화였다.

창밖을 보던 사람들은 아름다운 풍경을 보니 더 마음이 아파져 눈을 감거나 고개를 돌렸다.

삐거덕, 삐거덕.

민지는 객실을 홀로 걷고 있었다. 한쪽 구두가 벗겨진 탓에 발의 높이가 맞지 않아 민지는 심하게 절뚝댔다. 그 모습은 얼핏 보기에는 마치 춤을 추고 있는 것도 같았다. 턱이 돌아가는 바람에 민지의 얼굴은 심하게 일그러져 있었다. 민지는 승객들을 체크하기라도 하는 것처럼 감염자들을 둘러보면서 통로를 걸었다. 감염자들은 저마다 초점 없는 눈으로 중얼거리거나 작은 반경을 그리며 왔다 갔다 했다. 민지의 구둣발 소리가 객실에 울려 퍼졌다. 객실에 걸린 TV에서는 안행부 장관의 발표가 치지직거리며 흘러나왔다.

'국민 여러분, 전국 각지에서 폭력 사태가 발생했습니다. 현재는 긴급재난경보령을 선포한 상황입니다. 정부는 최선을 다해 이 사태를 해결하기 위해 애쓰고 있습니다. 사태는 빠른 시일 내로 조속히 진정될 것이라 여겨집니다. 국가는 국민 여러분을 무슨 일이 있어도 지켜낼 것입니다. 국민 여러분은 정부와 군을 믿고 가정에

서 안정을 취해주시기 바랍니다······.'

석우가 있는 3호차 안에서도 사람들은 안행부 장관의 발표를 듣고 있었다.

"저 사람들, 지금 얼마나 심각한 상황인지 알고는 있는 거야?"

"장관인지 뭔지. 저 괴물들을 보기나 했겠어요?"

몇몇이 안행부 장관의 발표가 마음에 들지 않는다는 듯 불통거렸다. 승객들은 장관의 안일한 태도에 화가 났다. 석우는 객실 안을 둘러보았다. 행여 떨어질까 봐 유리문에 더욱 꼼꼼하게 신문지를 붙여 놓은 게 보였다. 또 잔뜩 흐트러진 옷매무새를 다듬을 새도 없이 가족들에게 괜찮으냐고 전화를 하는 사람들이 보였다. 핸드폰도 챙기지 못하고 도망쳐 온 사람들은 주위 사람들에게 핸드폰을 빌리기 위해 애원하고 있었다. 여전히 불안에서 벗어나지 못하는 사람들은 최대한 감염자에게서 멀어지려 2호차 쪽으로 계속 이동했다. 모두 안행부 장관의 말대로 가만히 안정을 취하기는 어려워 보였다.

석우도 수안을 데리고 2호차를 향해 이동했다. 이미 많은 사람들이 들어간 탓에 2호차 안은 꽉 차 있었다. 더 비집고 들어갈 틈이 없어 석우는 연결부에 있는 간이 의자를 펴고 수안을 앉혔다. 수안 옆에 서서 석우는 핸드폰으로 증권가 찌라시를 확인했다. 대한민국에서 가장 정보가 빠르게 흐르는 곳이었다.

'인천 공단 군부대 투입 전면 폐쇄'

'○○그룹, ○○그룹 임원진 전원 출국'

'금일 9시 계엄령 발표 예정'

전국적으로 심각한 일이 발생한 것은 틀림없었다. 갑자기 수안이 석우의 손을 끌어당겼다. 수안은 불안한 듯 겁을 먹은 표정을 짓고 있었다. 핸드폰을 쥔 채로 금방이라도 울음을 터뜨릴 것 같았다.

"엄마…… 엄마, 전화기가 꺼져 있어요."

부산도? 이 지랄 맞은 일이 전국에서 벌어지고 있다면 부산도 안전할 수는 없었다. 석우는 수안과 눈을 맞추며 아이를 달랬다.

"수안아, 걱정하지 마. 이따가 아빠가 다시 걸어볼게."

수안은 걱정되었지만 석우의 말에 고개를 끄덕이며 가방 주머니에 핸드폰을 꽂아 넣었다.

이때 반대편 간이 의자에서 승강이를 벌이는 소리가 들려왔다. 인길과 종길이었다.

"종길아, 얼른 이리 와서 앉아."

"자기가 더 할머니면서? 언니나 앉아."

인길이 종길을 의자 앞으로 잡아끌었다.

"네가 서 있는데 내가 어떻게 앉아? 말 좀 들어!"

"어이구, 무서워라. 그놈의 엄마 노릇은……."

종길은 콧방귀를 뀌면서도 마지못해 자리에 앉았다. 석우는 그 모습을 무심한 얼굴로 보고 있었다. 그때, 석우가 막을 새도 없이

어느새 자리에서 빠져나간 수안이 인길의 손을 잡아끌었다.

"할머니, 이쪽에 앉으세요."

"응?"

애가 지금 뭘 하는 거야, 이 상황에. 석우는 탐탁지 않은 얼굴로 수안을 바라보았다. 인길도 그런 석우의 속마음을 눈치챘다. 인길은 수안의 뺨을 부드럽게 쓰다듬으며 말했다.

"아니야, 아가. 너 가서 앉아."

"아니에요. 하나씩 앉으세요."

"아이고, 고거 참 멋있다. 언니, 얼른 가서 앉아."

종길이 인길을 얼른 떼밀었다. 수안은 손을 잡아당겨 인길을 간이 의자에 앉혔다. 인길은 석우의 눈치를 보며 난처함을 감추지 못했다.

"아휴, 안 그래도 되는데……. 참, 아가야 이거 먹으렴."

종길은 주머니에서 유가 사탕을 꺼내 내밀었다.

"고맙습니다."

수안은 사탕을 받아들며 꾸벅 인사를 했다. 석우는 조금 거칠게 수안의 팔을 잡아끌었다. 간이 의자에서 조금 떨어졌을 때 석우는 수안과 눈높이를 맞추고 앉았다.

"수안아, 이럴 땐 안 그래도 돼."

"……뭘요?"

"양보 말이야. 지금 같은 때는 자기 자신이 가장 우선이야. 알

왔어?"

수안은 대답하지 않고 시선을 바닥으로 떨어뜨렸다. 석우는 대답이 없는 수안에게 더 단호한 목소리로 말했다. 앞으로 어떻게 될지 모르는 상황에서 아이에게 분명하게 말할 필요가 있었다.

"대답해, 수안아."

"……우리 할머니도 맨날 무릎 아파했는데……."

석우는 말문이 막혔다. 퍼뜩 어제 아픈 듯 무릎을 두드리던 어머니의 모습이 떠올랐다. 그때 따뜻한 말 한마디라도 할걸. 어머니와의 마지막 통화가 떠오르면서 석우는 다시 심장이 죄이는 듯 아팠다. 어머니의 비명과 괴상한 울음소리가 다시 귀에 들리는 듯했다. 하지만 석우는 마음을 다잡았다. 지금은 어떻게든 수안과 함께 살아남아야 했다.

삐. 스피커에서 마이크의 전원이 켜지는 소리가 나더니 기장의 목소리가 흘러나왔다.

'차내에 계신 승객 여러분께 사과의 말씀 올리며, 우리 열차는 대전역까지만 운행한다는 사실을 알려드립니다. 현재 대전역에 군대를 배치하여 우리 열차의 소요 사태를 진압할 예정이오니, 대전역에 도착하면 한 분도 빠짐없이 하차해 주시길 바랍니다. 다시 한 번 말씀드립니다. 우리 열차는⋯⋯.'

대전에서 열차가 선다는 소식에 사람들이 소란스러워졌다. 행선 지가 대전보다 더 먼 사람들은 그럼 자신들은 어떻게 하라는 말이 냐고 불퉁대기도 했다. 인길이 종길이 쪽으로 몸을 기울이며 물었다.

"종길아, 근데 이거 역병이라면서. 우리 애들한테 가도 되는 거니?"

석우는 인길을 슬쩍 돌아보았다. 대전에 가도 되는 걸까, 석우 도 의심스러웠다. 그때 용석이 2호차에서 나와 연결부로 들어왔 다. 용석은 통화 중이었다. 용석은 연결부의 사람들 틈을 비집고 나와 화장실 앞에 섰다. 화장실 앞은 양복쟁이가 차지하고 있었다.

"뭐? 진입 가능한 곳이 어디? 여수, 울진, 부산⋯⋯. 대전은? 거, 화장실 좀 씁시다. 그래? 왜 못 들어가는데?"

용석이 화장실 문을 닫았다. 가만히 용석의 통화를 듣고 있던 석우가 불현듯 떠오른 생각에 자리에서 일어섰다.

"수안아, 잠깐 여기 있어."

석우는 수안을 안전한 자리에 두고 3호차 쪽으로 이동하며 주머니에서 핸드폰을 꺼냈다. 수안은 그런 석우의 뒷모습을 보았다. 그때 낯익은 목소리가 들렸다.

"야, 꼬맹아, 괜찮아?"

상화였다. 수안은 상화를 올려다보며 고개를 끄덕였다. 상화 뒤로 선반에 걸터앉아 있는 성경도 보였다. 성경은 한 손으로 부른 배를 쓰다듬고 있었다. 상화가 3호차 객실에서 전화기를 귀에 대고 있는 석우를 가리키며 물었다.

"근데 저 사람 니네 아빠 맞아?"

수안이 고개를 끄덕였다.

"친아빠?"

"야!"

성경이 상화의 등을 주먹으로 퍽 쳤다. 그러고는 수안을 향해서는 놀라지 말라는 듯 빙긋이 웃어주었다.

"맞아요. 우리 아빠."

"뭐 하는 사람인데?"

"증권사 펀드 매니저요."

상화가 헛웃음을 터뜨렸다. 하는 꼴을 보니 딱 그럴 줄 알았지. 상화의 친구들 중에도 주식을 하다 펀드 매니저들의 농간에 큰 손해를 본 녀석들이 몇 있었다.

"아, 펀드 매니저……. 개미핥기? 남들 피 빨아 먹으면서 사는 새끼들……."

"야! 윤상화. 너 미쳤어? 애 앞에서……."

성경이 정색하며 상화를 나무라자 상화가 풀이 죽어 입을 삐죽댔다. 수안이 조용히 말했다.

"괜찮아요, 다들 그렇게 생각하니까."

수안의 아이답지 않은 담담한 반응에 오히려 상화와 성경이 당황했다. 멋쩍어진 상화가 괜히 머리를 긁적였다.

성경이 수안에게 가까이 오라는 듯 손짓했다. 성경은 수안을 향해 애벌레 모양의 젤리를 흔들었다.

"줄까? 우리 잠잠이가 먹는 건데."

"잠잠이요?"

수안이 젤리를 받으며 물었다. 성경이 배를 만지며 말했다.

"얘가 잠잠이야. 인사할래?"

"이름이…… 잠잠이에요?"

수안이 고개를 갸우뚱거렸다. 그런 수안이 귀여워 성경은 쿡 웃었다.

"아니, 태명……. 그러니까 별명 같은 거야. 진짜 이름은 아빠가 게을러터져서 아직 지어주지 않았어."

성경은 그렇게 말하며 팔꿈치로 상화를 쿡 찔렀다. 상화는 난처한 듯 허허 웃었다. 성경은 배를 내밀며 수안에게 인사해보라고 했다. 성경의 불룩한 배를 보며 수안은 선뜻 나서지 못하고 잠시 망설였다. 그러다 천천히 손을 뻗어 배에 얹었다. 배에 손을 갖다 대자 꿈틀하는 느낌이 손바닥으로 전해졌다. 수안은 신기해서 자신도 모르게 활짝 웃었다. 성경도 같이 웃었다.

"왔어?"

수안이 고개를 크게 끄덕였다. 신기한 일이었다. 수안이 성경의 배에 손을 얹고 배 속의 아이가 움직이는 걸 느끼는 순간 수안도, 성경도, 상화도 마음이 따뜻해졌다.

석우는 핸드폰 주소록에서 '개미'라는 폴더를 눌렀다. 그 안에서 '대전 민 대위'라는 이름을 찾았다. 통화 버튼을 누르고 전화가 연결되기까지 석우는 출입문 앞을 서성였다. 신호 대기음만 한참 들려왔다. 겨우 통화가 연결되었지만 민 대위는 정신이 없는 듯했다.

'아, 서 팀장님. 지금 통화가 좀 그런 상황이라 나중에 다시…….'

"잠깐만! 잠깐만, 민 대위! 뭐 좀 물어보자. 저기, 내가 지금 대전으로 들어가는 KTX에 타고 있거든?"

'KTX요? 팀장님, 혹시 그 열차 타고 계세요?'

"어, 알고 있구나? 그럼, 대전역에 군인들 배치됐다는 거 사실이야?"

'네, 맞아요…….'

민 대위가 말끝을 흐렸다.

"그래? 아, 다행이다. 그쪽은 그래도 안전한 모양이네."

민 대위가 아무 말도 하지 않았다. 수화기 너머에서 대답이 없자 석우는 퍼뜩 불길한 예감이 들었다. 분명히 뭔가 있다. 석우는 되물었다.

"민 대위, 거기는 안전한 거지?"

'서 팀장님, 일단 대전에 오시면 아마도 격리되실 거예요.'

격리라니, 왜? 자신과 수안이 감염자 취급을 당하는 것은 참을 수 없었다. 석우는 객실 의자에 기대 이마를 문질렀다.

"격리? 왜? 민 대위……. 나 지금 우리 딸이랑 같이 있다."

'…….'

"나랑 우리 딸만이라도…… 좀 부탁하자. 응?"

'아…….'

민 대위는 난처한 눈치였다. 석우는 민 대위가 아쉬운 구석을 더욱 집요하게 파고들었다.

"민 대위, 내가 돌아가서 진짜 확실한 건 하나 추천할게. 진짜 확실한 거. 응? 민 대위……."

얼마 전에 민 대위는 크게 털렸다. 그때는 지금과 반대로 민 대위가 석우에게 전화해 사정했다. 지난번에 날린 거 만회해야지? 석우의 말에 민 대위는 잠시 망설이다 말했다.

'서 팀장님, 그럼 메인 광장으로 나가지 말고 동쪽 광장으로 나오세요. 그쪽 애들한테 제가 말해 놓을게요.'

"고맙다, 민 대위……. 고마워."

석우는 전화를 끊고서야 3호실 한구석에 쪼그려 앉아 있는 노숙자를 발견했다. 노숙자는 멍하니 알 수 없는 곳을 바라보고 있었다. 석우는 노숙자가 전화 통화를 들은 게 아닐지 찜찜했지만 크게 신경 쓰지 않았다. 석우는 다시 수안이 있는 연결 통로로 돌아갔다.


열차가 대전역에 도착했다. 플랫폼에는 아무도 없었다. 군대는 커녕 승무원들조차 보이지 않았다. 플랫폼은 너무 조용해서 오히려 이상하고 기괴했다.

스피커에서 나온 기장의 목소리가 잠깐의 정적을 깼다.

'승객 여러분의 안전을 위해 승하차 문을 모두 개방하지 않습니다. 내리실 승객께서는 내리실 문을 수동으로 열어주시길 바랍니다. 승하차 문의 수동 개폐 방법은 승하차 문 옆 안내문을…….'

용석은 승하차 문에 있는 작은 창으로 밖을 내다보았다. 적막한 풍경이 어쩐지 불길해 용석은 얼굴을 일그러뜨렸다.

"뭐야……. 왜 아무도 없어?"

반대쪽 출입문 창으로 밖을 보던 석우도 표정이 굳긴 매한가지였다. 문이 열리고 용석이 가장 먼저 내렸다. 내리자마자 용석은 대전역 홀 쪽이 아니라 운전실 쪽을 향해 빠르게 걸음을 옮겼다. 이후 용석이 내린 문으로 성경, 상화, 종길, 인길, 수안과 석우까지 내렸다. 석우는 한 손에는 수안을 잡고 다른 손에는 자신의 가방과 수안의 가방을 들었다. 석우는 걷다 말고 역사를 둘러보았다. 열차 곳곳에서 생존자들이 나오고 있었다. 생존자들은 생각보다 훨씬 많아 보였다. 사람들 모두 이상한 느낌이 드는지 내려서도 주위를 둘러볼 뿐 쉽사리 걸음을 옮기지 못했다.

툭, 툭, 툭.

쾅, 쾅, 쾅.

일정한 타격음에 돌아보니 객실 안에 갇힌 피투성이의 감염자들이 창에 머리를 박으며 생존자들을 보고 있었다. 감염자들이 그르릉 거리는 소리가 바로 귓가에서 들리는 듯했다. 승객들은 저 끔찍한 무리와 같은 열차에 있었다는 사실에 몸서리를 치며 서둘러 역으로 들어가는 에스컬레이터에 올랐다.

기장은 한동안 플랫폼에 서서 움직이지 못했다. 기장은 지금까지 승무원들의 보고만 들었을 뿐이었다. 감염자로 가득 찬 18호차를 보니 소름이 끼쳤다. 저 사람들은 왜 저런 모습이 되었나. 도대체 무슨 일이 있었던 거지? 기장은 어안이 벙벙한 얼굴이었다.

"이게 어떻게 된 거야?"

"말씀드린 폭, 폭력 사태입니다."

기장 옆에 초조하게 선 기철이 보고했다.

용석이 기장을 보고 달려왔다. 너무 빨리 뛰는 바람에 숨이 차서 기장 곁에 와서도 쉽게 말을 꺼내지 못했다.

"헉헉, 이봐요, 기장. 군대가 어디 있어요? 어?"

"그게 저도 잘……. 저도 전달받은 겁니다."

"이럴 줄 알았어……. 이봐요. 내가 천리마 고속버스 상무로 있는 사람인데…… 지금 대전으로 들어가는 도로가 다 막혔답니다. 우리 회사 버스들도 죄다 빠꾸하고 있어."

"도로가 막혔다니요?"

"대전시를 봉쇄하고 있다고!"

기장은 용석의 말이 무슨 말인지 이해가 가지 않았다. 용석은 답답하다는 듯 인상을 쓴 채 기장을 설득했다.

"기관차에 몇 명이나 탈 수 있습니까? 이거 열차들 다 끊고 기관차만이라도 갑시다."

"그건 여기서 할 수 없어요."

"그럼 어서 그냥 출발해요! 아직 남해안 쪽은 열려 있다니까 그냥 다시 기차 타고 바로 부산으로 갑시다."

기장이 이미 에스컬레이터에 오르고 있는 승객들을 가리켰다.

"그게 정말이면 저 사람들도 다 태워 가야죠. 일단 나가봅시다."

기장은 승객들 쪽으로 발걸음을 옮겼다. 뒤에서 쩔쩔매고 있던 기철도 기장의 뒤를 따랐다. 저런 등신을 봤나. 용석이 그런 기장을 보고 한심하다는 듯 탄식을 뱉었다.

석우와 수안도 사람들을 따라 3층 복도로 올라왔다. 상화와 성
경이 그 뒤에 있었다. 반대쪽 에스컬레이터에서는 야구부원들이
올라왔다. 9번과 13번, 영국과 진희는 찢어진 옷가지만큼이나 지
친 얼굴이었다. 역에는 '통행제한'이라는 팻말과 함께 사슬이 쳐
져 출구를 막아놓고 있었다. 사람들은 길이 나 있는 상가 쪽으로
나갈 수밖에 없었다.

대전역 홀 안에는 광고판과 주인 잃은 물건들만 나뒹굴고 있었
다. 무언가 이곳을 한바탕 휩쓸고 간 것 같았다.

쿵쿵쿵······.

쿵쿵쿵······.

쿵쿵쿵······.

어디선가 철을 두드리는 소리가 반복적으로 들려왔다. 그 소리
는 고요한 역사 안에 울려 퍼지며 불길한 기운만 더 키웠다. 사람
들은 마른 침을 삼켰다. 무슨 일이 일어났는지 알 수 없지만 마냥
멈춰 있을 수도 없었다. 사람들은 천천히 메인 광장인 서쪽 광장
쪽으로 걸음을 옮겼다. 저벅저벅 걷는 발소리가 역사 안에 울렸다.

석우는 수안의 손을 슬쩍 잡아당겼다. 사람들의 눈치를 살피며
은밀하게 반대쪽을 향해 걸어갔다.

"어?"

성경이 사람들과 다른 방향으로 가는 수안을 보고 걸음을 멈췄다. 상화가 사람들과 함께 걸어가며 성경의 손을 잡아끌었다.

"됐어. 그만 신경 꺼."

어차피 호의를 보여도 호의인 줄 모르는 놈인데, 뭘. 상화는 마지막 말은 꾹 참았다. 성경도 조용히 상화를 따라 다시 걸었다.

동쪽 광장으로 나가는 구름다리 입구에도 '통행제한' 팻말과 함께 사슬이 쳐져 있었다. 석우는 사슬을 걷고 수안부터 밀어 넣었다. 수안이 석우를 보며 알 수 없다는 듯 말했다.

"어디 가요?"

"우린 이쪽으로 갈 거야."

"우리만요?"

"어."

수안은 서쪽으로 향하는 사람들을 돌아보았다. 사람들은 수안과 석우에게 시선을 주지 않고 앞만 보며 이동하고 있었다. 그런데 노숙자가 석우와 수안의 근처에 가만히 서 있었다. 노숙자는 석우를 계속 힐끔거렸다. 이상한 기운에 돌아선 석우가 노숙자를 보며 짜증스럽게 물었다.

"뭡니까?"

"나도…… 그짝으로 갈라고."

"저쪽이 메인 광장이에요. 사람들 따라가시면 돼요."

"아니……. 나도 그짝이랑 같이 갈라고요."

석우의 얼굴이 구겨졌다. 노숙자는 우물쭈물 말을 이었다.

"아까 통화하는 거 다 들었어유. 그짝이랑 쟈만 따로 빼준다구……. 나머지 사람들은 전부 격리된담서."

석우는 아차 싶었다. 수안은 노숙자의 말에 놀란 듯 석우를 올려다보았다. 석우의 얼굴에는 짜증이 맺혔다. 일이 생각대로 굴러가지 않는 게 짜증스러웠다. 수안은 성경이 지나간 쪽을 돌아보며 말했다.

"말해 줄래요."

"안 그래도 돼, 수안아."

"말해 줘야죠!"

수안이 소리를 높였다. 긴장해 뒷목이 빳빳하게 굳은 석우는 수안의 어깨를 잡으며 신경질을 냈다.

"신경 쓰지 마! 각자 알아서 하는 거야!"

수안의 눈에 눈물이 그렁그렁하게 고였다. 수안은 아빠를 보며 원망스러운 투로 말을 이었다.

"……아빠는 자기밖에 몰라. 그러니까, 그러니까 엄마도 떠난 거예요."

그 말에 석우는 뭐라고 대꾸할 수 없었다. 수안의 말에서 석우는 원망을 느낄 수 있었다. 엄마가 보고 싶어서 기가 죽은 줄로만 알았다. 그러나 아니었다. 수안은 엄마를 떠나게 한 자신을 원망하고 미워하고 있었다. 석우는 자기밖에 모른다는 말을 사랑하는 딸한테는 결코 듣고 싶지 않았다. 수안은 손등으로 눈물이 맺힌 눈을 닦았다.

갑자기 노숙자가 절뚝대며 구름다리 위를 뛰어가기 시작했다.

"어, 어, 어이! 여기요, 여기! 사람 살려유!"

노숙자가 손을 흔들며 달려가는 구름다리 끝쪽에 이등병이 주

춤거리는 게 보였다. 군인이다. 놀란 석우가 울고 있는 수안에게
말했다.

"잠깐 여기 꼼짝 말고 있어. 응?"

석우는 핸드폰을 꺼내 민 대위에게 전화를 걸며 노숙자를 따라
갔다.


상화와 성경은 3층 홀에서 서쪽 광장으로 나가는 에스컬레이터
를 탔다. 전면 유리창으로 대전역 바깥 풍경이 펼쳐졌다. 광장에는
수많은 전경 버스와 살수차들이 보였다. 육공 트럭들도 늘어서 있
었다. 군인들이 우리를 지켜 줄 것이다. 안전한 곳으로 안내해 줄
거야. 사람들은 안도감에 긴장한 얼굴을 부드럽게 풀었다.

그런데 광장 쪽으로 다가가면 다가갈수록 이상했다. 에스컬레
이터 옆의 계단에 방패와 곤봉, 모자가 아무렇게나 널브러져 있었
다. 군인들이 제대로 정비를 갖췄다면 장비가 함부로 나뒹굴 수는
없었다. 뭔가 싸하고 불길한 느낌이 상화를 휘감았다.

에스컬레이터를 타고 점점 지상에 가까워지자 출구 쪽에 몰려
있는 군인들의 발이 보였다. 땅바닥에 질질 끌리는 발, 휘청거리는
무릎, 허벅지 근처에서 힘없이 흔들거리는 손……. 서서히 모습을
드러낸 군인들은 정상이 아니었다. 찢어진 군복에 소총은 몸에 아
무렇게나 걸려 있었고 무엇보다 군인들의 눈이 이미 허여멀겋게
변해 있었다. 철문에 머리를 쿠쿵쿠쿵 박아대는 군인들도 여럿이

었다. 그제야 역 안에서 울리던 소리가 무엇인지 확인되었다.

이런, 제길. 위험한 상황이라는 걸 직감한 상화는 당장 성경을 번쩍 들어 에스컬레이터 옆 계단으로 넘겼다.

"자기야, 위로 달려! 위!"

상화도 얼른 계단으로 넘어갔다. 계단으로 걸어 내려오던 기장과 용석도 군인들을 보고 멈춰 섰다. 하지만 이미 많은 사람들이 에스컬레이터를 타고 계속해서 내려오는 중이었다. 돌아가려 해도 멈출 수가 없는 사람들이 대부분이었다.

철문에 머리를 박던 군인들이 동시에 움직임을 멈추었다. 사람들이 내지르는 비명에 등을 돌리고 선 군인들이 서서히 돌아섰다. 감염된 군인들이 광장을 가득 메우고 있었다.

아악! 사람들의 비명이 역 안에 쩌렁쩌렁하게 울려 퍼졌다.

석우는 민 대위에게 전화를 걸면서 이등병에게 가까이 걸어갔
다. 저 이등병이 민 대위가 말한 사람일 것이다. 저 사람한테 민 대
위의 이름을 말하고 도움을 청해야 했다. 석우는 이등병을 향해
손을 흔들었다. 그때 민 대위가 전화를 받았다.

"어, 민 대위. 나 지금 대전역 왔거든?"

'네? 지금 거기 괜찮아요?'

"무슨 말이야?"

'그쪽 애들이랑 연락이 안 돼요!'

"뭐?"

석우가 멈칫하며 걸음을 멈추었다. 앞서가던 노숙자 역시 멈춰
서 있었다. 이등병이 천천히 노숙자와 석우를 향해 걸어오고 있었
다. 가까이 올수록 이등병의 군복이 피투성이가 된 게 선명하게
보였다. 이등병이 노숙자와 석우를 향해 힘없이 손짓했다.

"살려주세요……."

그때 이등병의 뒤로 한 무리의 군인들이 쏟아지듯 나타났다. 군
인들은 순식간에 이등병을 덮치고 물어뜯기 시작했다. 석우는 놀
라 고개를 돌려 수안을 찾았다. 수안은 아까 석우가 있으라고 한
그 자리에 그대로 서서 석우를, 그리고 군인들을 보고 있었다. 수
안의 뒤로 서쪽 계단에서 도망쳐 달려오는 사람들이 보였다. 다들

플랫폼을 향해 정신없이 뛰었다. 석우가 있는 동쪽 계단으로도 군인들이 계속해서 뛰어올라왔다.

"수안아!"

석우는 뒤돌아 달려가며 수안의 이름을 불렀다.

수안은 갑자기 세상이 적막에 휩싸인 듯한 느낌이 들었다. 물속에라도 빠진 것처럼 귀가 멍하고 자신의 숨소리만 크게 들렸다. 석우가 자신을 부르는 소리도 멀게 들려왔다. 석우가 달려오며 뭐라고 소리를 치는데 너무 놀란 탓인지 아무 소리도 들리지 않았다. 석우가 애절한 표정으로 팔을 휘젓고 있었다. 수안이 뒤를 돌아보자 군인 한 명이 입을 뻐끔거리며 달려오고 있었다. 마치 수안을 한입에 삼켜버릴 듯한 기세였다. 수안은 숨을 참으며 눈을 질끈 감았다.

퍽! 상화가 수안을 향해 달려드는 군인을 어깨로 밀치며 같이 쓰러졌다. 수안아······. 감사합니다. 감사합니다. 석우는 수안에게 달려든 군인이 쓰러지는 것을 보고 저도 모르게 중얼거렸다. 무서워서 벌벌 떨고 선 수안은 감염자와 치고받고 있는 상화를 바라보았다.

"이리 와!"

성경이 수안의 손을 잡아끌었다. 수안은 석우가 걱정되어 발이 떨어지지 않았다.

"아빠······."

수안은 멀리 있는 석우를 보았다. 석우가 수안을 향해 힘껏 소리쳤다.

"수안아, 뛰어!"

수안은 그제야 성경을 따라 달리기 시작했다. 상화도 일어나 성경의 뒤를 따랐다. 달리며 땅에서 곤봉 하나를 주운 상화는 곤봉으로 가까이 다가오는 감염자를 두들겨 팼다. 플랫폼으로 내려가는 통로에서 상화는 유리문 손잡이에 곤봉을 끼웠다. 어디선가 영국과 야구부 9번, 13번이 나타나 상화를 도왔다. 미처 달아나지 못한 사람들이 홀 안에서 군인들과 처절하게 싸우고 있었다. 대부분의 사람들이 물어 뜯겼고 상처 입은 사람들은 오래 지나지 않아 변이를 시작했다. 감염자 수는 계속해서 늘어났다.

석우도 상화와 야구부들이 막고 있는 유리문을 향해 달렸다. 그런데 갑자기 옆쪽에서 감염된 군인 하나가 석우에게 달려들었다. 석우는 미처 피하지 못하고 감염자와 함께 바닥으로 쓰러졌다. 감염자가 몸을 타고 오르는 바람에 석우는 제대로 몸을 움직일 수 없었다. 석우는 감염자의 얼굴을 때리며 필사적으로 떼어내려고 애썼다. 감염자는 석우의 바로 코앞에 얼굴을 드밀고 입을 크게 벌렸다 닫기를 반복했다. 딱, 딱, 딱. 이가 서로 맞부딪히는 소리가 났다. 끄윽, 감염자는 어디라도 깨물겠다는 듯 막무가내로 턱을 석우에게 들이밀었다. 감염자의 얼굴을 피해 이리저리 고개를 돌리던 석우는 근처에 책 한 권이 떨어져 있는 걸 발견했다. 한 손으로

감염자의 멱살을 붙잡아 버티며 다른 손을 뻗어 책을 붙잡았다. 재빨리 몸을 돌려 석우의 광대에 거의 닿을 뻔한 감염자의 입에 책을 밀어 넣었다. 감염자는 인간의 살점이라도 되는 것처럼 책을 잘근잘근 씹어댔다.

그때였다. 낡은 겨울 코트가 석우를 덮친 군인의 얼굴에 덮어 졌다. 노숙자의 코트였다. 시야가 가려진 군인은 크게 허우적거리 며 나뒹굴었다. 방금 감염자의 얼굴이 코앞까지 다가왔던 석우는 기진맥진한 채 코트가 날아온 곳을 쳐다봤다. 노숙자는 뒤도 돌아 보지 않고 플랫폼을 향해 달려가고 있었다. 지금 날 도와준 거야? '저쪽이 메인 광장이에요. 사람들 따라가시면 돼요.' 석우는 방금 자신이 뻔뻔하게 둘러댄 말이 떠올랐다. 그러나 오래 생각할 겨를

이 없었다. 석우도 빠르게 일어서 노숙자를 따라 달렸다.

상화와 야구부원들은 노숙자가 유리문 안으로 들어오자 유리문의 경첩을 막으려고 손을 뻗었다. 그런데 석우가 감염자 사이를 뚫고 달려오고 있었다. 석우의 뒤에는 석우의 옷자락을 움켜쥘 수 있을 정도로 감염자 하나가 바짝 쫓아오고 있었다. 상화가 석우를 향해 소리쳤다.

"빨리 와!"

석우가 겨우 유리문을 통과했다. 석우는 이 상황이 스스로 믿기지 않았다. 열차 안에서 눈앞에서 문을 닫아버린 자신을 상화는 기다려 주었다. 석우를 기다리는 바람에 문의 경첩을 닫기도 전에 감염자들이 몰아닥쳤다. 문이 감염자들의 기세에 거칠게 흔들리는 통에 도저히 경첩을 걸 수 없었다. 유리문을 둘러싸고 열려는 자들과 닫으려는 자들의 힘겨루기가 이어졌다. 퍽, 퍽, 퍽, 퍽! 시간이 지날수록 감염자들은 유리문을 향해 더 많이 달려들었다.

상화와 석우가 간신히 문 위치를 맞추어 잠갔다. 하지만 반대편에서 밀어붙이는 엄청난 힘에 유리문의 경첩이 휘기 시작했다. 어, 어, 어……. 결국 다시 상화와 석우, 야구부원들이 유리문에 달라붙어 온몸으로 밀기 시작했다. 유리문은 금방이라도 그대로 떨어져 나갈 것 같이 위태로웠다.

MT를 가기 위해 열차에 올랐던 대학생들은 이제 감염자들에게 쫓기는 신세가 됐다. 그들은 홀에서 벗어나 플랫폼으로 향하는 에스컬레이터에서 허겁지겁 뛰어내렸다. 다시 기차에 올라타야 했다. 사지에서 겨우 살아온 대학생들은 급한 마음에 눈앞에 보이는 5호차 객실 문을 열었다. 문이 열리자 기다렸다는 듯 감염자들이 쏟아졌다. 놀란 대학생들의 눈이 커졌다. 그러나 놀라는 것도 잠시였다. 감염자들에게 물린 대학생들은 순식간에 변이를 일으켰다.

성경과 수안은 계단 위에서 대학생들이 당하는 모습을 보았다. 성경과 수안은 방향을 바꾸어 운전실 쪽을 향해 달렸다. 기장과 기철, 용석도 운전실 방향을 향해 달리고 있었다. 14호와 15호 연결부에서는 진희가 사람들을 이끌고 있었다.

"이쪽이요! 이쪽으로 오세요!"

기철과 용석은 진희의 말에 따라 14호와 15호 연결부로 올라탔다. 기장은 홀로 운전실을 향해 달렸다. 운전실에 올라탄 뒤에는 재빨리 기동 조작을 했다. 차에 올라탔던 기철은 다시 내려와 진희와 함께 사람들을 불러 모았다. 용석이 답답함을 참을 수 없다는 목소리로 기철을 끌어당겼다.

"뭐 하고 있어? 빨리 출발시켜!"

"아직 저쪽에 사람들이 더 있어요!"

성경과 수안이 14호와 15호 연결부를 향해 달려오고 있었다. 두 사람 앞에는 인길과 종길이 손을 잡고 함께 달리고 있었다

"언니, 빨리 와!"

"헉헉, 이게, 이게, 뭔 난리라니."

투투툭, 투둑. 금이 가는 소리와 함께 인길과 종길 앞으로 커다란 유리 조각들이 떨어졌다.

뭐지? 성경이 위를 보았다. 동쪽 광장 구름다리 안에 포화 상태로 갇혀 있던 군인들이 헬멧으로 유리를 들이받고 있었다. 군인들이 머리를 찧을 때마다 유리에 가는 금들이 거미줄처럼 뻗어갔다. 그 거미줄은 점점 사방으로 퍼지는가 싶더니 곧 와장창 박살 났다. 구름다리에서 떨어진 감염자가 기차 지붕에 튕겨 인길과 종길 사이로 떨어졌다. 얼결에 두 사람은 손을 놓치고 말았다. 인길은 성경 쪽으로 종길은 14호와 15호 연결부 문 쪽으로 넘어졌다. 성경이 달려가 인길을 일으켜 세웠다.

감염자들이 하나둘씩 연이어 떨어지기 시작했다. 감염자들은

뼈가 부러진 듯 처음에는 빨리 일어나지 못하고 쓰러진 채 몸을 비틀었다. 곧 그 속에서 이등병 하나가 몸을 일으켰다. 뼈가 부러 졌는지 다리를 흐느적대며 성경 쪽으로 걸어왔다. 다른 감염자들 도 곧 몸을 일으키기 시작했다. 3층 높이에서 떨어졌는데도 괴상 한 몰골로 다시 움직이는 모습에 성경과 수안, 인길의 얼굴이 하 얗게 질렸다.

진희와 기철이 바닥에 넘어진 종길을 일으켜 연결부로 잡아끌 었다. 종길은 저편에 있는 인길을 향해 손을 뻗으며 울며 외쳤다.

"언니! 언니!"

종길이 소리를 지르자 감염자들이 고개를 돌려 그쪽을 향해 달 려오기 시작했다. 종길은 자꾸만 인길에게로 가려고 몸을 비틀었 다. 기철은 종길을 열차에 억지로 태우고 재빨리 문을 닫았다. 닫 힌 문에 곧바로 감염자들이 덕지덕지 달라붙었다. 감염자들은 문 에 난 작은 창으로 자꾸만 얼굴을 들이밀었다.

이등병은 성경 쪽으로 계속 다가왔다. 그나마 속도를 내어 뛰어 오지 않는 것이 다행이었다. 뒷걸음질을 치면서도 성경은 올라탈 곳이 없는지 살폈다. 뒤쪽에서는 변이된 대학생들이 달려오고 있 었다. 큰일이었다. 12호와 13호 연결부 문 안을 보았다. 아무도 없 었다. 성경은 12호와 13호 연결부 문을 열었다. 수안과 인길이 차 례대로 올라탔다. 달려드는 감염자들을 피해 성경은 힘껏 문을 닫 았다. 이때 문 사이로 시커먼 손이 쑥 들어왔다. 노숙자였다. 노숙

자는 애원하며 말했다.

"지두요. 지두."

성경은 고민 없이 다시 문을 열었다. 노숙자까지 올라타고 나자 마침내 성경과 수안이 있는 열차도 문이 닫혔다.

차에 올라탄 종길은 넋이 나가 있었다. 종길은 창에 매달린 감염자들을 물끄러미 보았다. 언니…… 인길이 언니……. 전쟁통에서도 놓지 않았던 두 손이었다. 고아원에서도 꼭 붙어 있었다. 누가 떼어놓을라치면 울기도 했고, 화를 내기도 했고, 도망치기도 했다.

'인길아, 세상에 의지할 사람은 너랑 나 우리 둘뿐이야. 언니 손 꼭 잡고 있어야 해. 알았지?'

근데 놓쳐버렸다. 이렇게 헤어져버렸다. 이 나이에……. 저런 미치광이들 틈에서……. 종길의 주름진 뺨으로 눈물이 계속 흘러내렸다.

용석은 기철의 멱살을 잡으며 소리쳤다.

"언제까지 기다릴 거야! 당장 출발해!"

진희가 망설이는 기철의 팔에 매달렸다.

"안 돼요! 아직 친구들이 못 탔어요!"

진희가 애절한 표정으로 기철을 바라보고 있었다. 맞다, 사람들이 다 못 탔다. 하지만 용석 말대로 이렇게 있으면 다 죽을지도 모를 일이었다. 어쩌지? 어떻게 해야 하지? 기철은 조심스럽게 무전기에 대고 말했다.

"기…… 기장님. 출발…… 출발해 주세요."

'치익……. 다 탔어요?'

"……네."

진희가 자리에 털썩 주저앉았다. 아직 친구들이 못 탔어요. 영국아, 영국아……. 어떡해. 진희가 흐느끼기 시작했다. 기철의 무전을 들은 용석이 그제야 잡고 있던 멱살을 놓았다.

덜컹덜컹, 바퀴 소리를 내며 KTX가 움직이기 시작했다.


빠지직. 양쪽에서 밀고 버티는 힘 때문에 이대로 있다간 금방이라도 부서질 기세였다. 상화가 야구부원들에게 소리쳤다.

"야! 니들 먼저 가! 빨리!"

야구부원들은 상화의 말에 조금 망설이다가 이내 플랫폼을 향해 달려가기 시작했다. 상화와 석우가 전력을 다해 문을 막았다. 빠지직! 유리문에 난 금은 더욱 심하게 갈라졌다. 유리문은 종잇장처럼 너덜너덜했다. 더는 버티기 어려워 보였다.

"어, 어, 어. 안 되겠다! 우리도 가자!"

상화가 유리문을 놓고 달렸다. 석우도 놀라서 상화를 따라 달렸다. 동시에 와자작 문이 부서지며 감염자들이 밀물처럼 쏟아져 나왔다. 석우와 상화는 열차가 서서히 움직이는 것을 보았다. 빨리 차에 타야 한다! 상화와 석우의 앞으로 계단을 뛰어 내려가는 야구부원들이 보였다. 가장 먼저 내려간 9번과 13번이 달리는 열차를 향해 팔을 뻗는 순간 플랫폼에 있던 감염자들이 두 사람을 덮쳤다. 어린 야구부원들이 내지르는 비명이 플랫폼에 울려 퍼졌다.

친구들보다 조금 늦게 계단을 내려오던 영국은 변이를 일으키는 친구들 모습에 놀라 계단에 주저앉았다. 석우가 영국의 옷을 끌어당겼다.

"정신 차려!"

영국이 애써 정신을 차리고 석우를 따라 계단을 마저 내려갔다. 그들은 감염자들이 9번과 13번을 물고 있는 사이 달리는 기차를 쫓았다. 열린 문으로 석우가 영국을 먼저 밀어 넣었다. 그리고 자신도 재빨리 올라탔다. 기차에 올라탄 석우가 계단에 매달려 바깥을 살폈다. 아직 상화가 타지 못했다. 상화는 커다란 덩치를 부지

런히 움직이며 열차에 올라타려고 박자를 맞췄다. 그러다 상화가
속도를 늦추고 플랫폼에 떨어진 방패와 곤봉을 주웠다. 석우가 다
급하게 상화를 불렀다.

"빨리!"

"비켜!"

상화의 말에 깜짝 놀라 석우가 열차 밖으로 내밀고 있던 고개를
안으로 집어넣었다. 상화는 석우의 뒤쪽에서 달려오고 있던 감염
자를 방패로 들어 밀쳐냈다. 퍽. 감염자가 방패에 맞아 나가떨어졌
다. 흡사 미식축구의 한 장면 같았다.

다시 열차 밖으로 석우가 몸을 내밀었다. 석우와 상화의 눈이
마주쳤다. 상화는 열차 계단의 손잡이를 잡으려 했지만 잡힐 듯
잡히지 않고 계속 놓쳤다. 열차에 속도가 점점 붙고 있었다. 이대
로라면 열차를 탈 수 없다. 석우가 열차 출입구에 있는 안전 바를

붙잡고 제 몸을 밖으로 쭉 뺐다. 그제야 상화가 석우의 손을 잡았다. 두 사람은 서로 팔을 걸었다. 석우가 이를 악물고 상화를 열차 입구 쪽으로 끌자 두 사람은 열차 안쪽으로 쓰러지듯 올라탈 수 있었다. 상화가 가쁜 숨을 몰아쉬다 옆에 자신과 똑같은 자세로 숨을 가다듬고 있는 석우를 툭 쳤다.

"야, 나 좀 멋있지 않냐? 방금 영화 같았지?"

"더럽게 무겁더만."

석우가 시큰둥하게 대꾸하자 상화가 킥 웃었다.


성경과 수안은 열차가 대전역을 빠져나가자 어쩔 줄 몰라 했다. 상화와 석우가 걱정되었기 때문이다. 무사하겠지? 열차에 탔겠지? 제발…… 성경이 주머니에서 핸드폰을 꺼내자 그때 노숙자가 성경의 핸드폰을 스윽 막았다. 노숙자는 가늘게 떨며 열차 한쪽

구석을 눈짓했다. 노숙자의 시선은 12호차를 향해 있었다. 박살난 문 너머로 감염자들이 득실거리고 있었다. 감염자들은 전부 다른 곳을 보고 있었기 때문에 다행히 성경 일행을 알아차리지 못하고 있었다. 성경 일행은 자신들의 처지를 깨닫고 조각처럼 굳어버렸다. 성경이 수안을 보며 작게 말했다.

"쉿……."

이제 어떻게 해야 하지? 기장은 혼란스러운 머릿속을 정리하며 묵묵히 열차가 나아가는 방향을 쳐다봤다. 철로가 열차를 향해 두 팔을 벌리는 듯한 풍경이 펼쳐졌다. 일단 출발은 했다. 기장은 그다음 자신의 역할을 떠올렸다. 무슨 일이 있어도 목적지까지 안전하게 열차를 운행한다. 그게 기장의 의무였다. 생각을 정리한 기장은 관제실과 연결을 시도했다.

"관제실, 101 열차 돌발 사태로 대전역에 정차하지 못했습니다. 다른 역에 구조대 배치 가능한지 확인 바랍니다, 이상."

'101 열차, 현재 교신 불안정으로 인해 각 역 상황 파악이 불가능합니다, 이상.'

우린 어쩌라고? 기장은 입술을 깨물었다. 그렇다면 원래 목적지 밖에 답이 없었다. 기장은 잠시 고민하다 다시 수화기를 들었다.

"관제실, 101열차 부산까지 직행 가능한지 확인 바랍니다, 이상."

'……101열차, 부산까지 선로를 열어놓겠습니다. 관제실, 이상.'

길은 열어놓겠지만, 어떻게 될지는 모르겠다는 거겠지. 관제실은 지금 세상에 무슨 일이 일어나고 있는지 파악하고 있을까? 기장은 관제실에서 제 연락에 응답하는 사람도 저와 매한가지일 거라는 생각이 들었다. 자신이 관제실의 말을 승객들에게 그대로 말했듯이 관제실도 누군가 한 말을 앵무새처럼 따라 하는 것이리라.

별수 없었다. 일단 가는 수밖에. 기장은 힘 빠진 목소리로 대답했다.

"……부산역과 연락 되는 대로 알려주길 바랍니다. 101 열차, 이상."

수화기를 내려놓는 기장의 얼굴이 딱딱하게 굳어 있었다. 결연한 기운이 감도는 얼굴이었다. 지금 여기에서 이 열차가 갈 수 있는 곳은 부산밖에 없었다.

아니, 부산까지 어떻게든 가야만 했다.

열차 스피커를 통해 기장의 목소리가 나왔다.

'탑승하신 승객 여러분께 알려드립니다. 우리 열차는 승객들의 안전을 위해 중간역에 정차하지 않고 바로 부산역을 향할 예정입니다. 다시 한 번 말씀드립니다. 우리 열차는 곧장 부산역을……'

기철은 멍하니 방송을 듣고 있었다. 용석이 기철이 들고 있는 무전기를 거칠게 가로챘다.

"기장, 내 말 들려?"

잠시 후 지지직거리는 기계음 사이로 기장의 목소리가 흘러나왔다.

'네, 말씀하세요.'

"부산, 부산역에는 연락해봤어?"

'아니요. 현재 교신이 불안정하다고 합니다.'

119

"이런 씨…… 무조건 전속력으로 가! 늦으면 부산도 못 들어가는 거야, 알았어?!"

용석은 한껏 성질 내며 소리친 뒤 기철에게 무전기를 던지듯 주었다. 사람들은 그런 용석을 바라보고 있었다. 좌석에 앉은 종길은 방금 나온 방송에도, 용석의 항의에도 모두 관심 없는 듯 창밖만 멍하니 보고 있었다.

언니……. 대전에 간다고 하지 말았어야 했다. 그랬다면 이 나이에 언니랑 눈앞에서 헤어지는 일 따위는 없었을 텐데……. 딸년이 고추장을 담근다고 몇 번이나 전화가 오는 통에 인길과 함께 나선 길이었다. 가봤자 또 인길이 아픈 허리로 일했겠지. 인길은 종길을 돌보느라 혼기를 놓쳐 시집도 못 갔다. 대신 인길은 종길의 아이들을 맡아주고 다른 온갖 궂은일을 살뜰히 거들었다. 종길이 일찍 남편을 보낸 뒤에도 인길은 종길이 남편의 빈자리를 느끼지 못하게 자신의 품에 동생을 두었다. 그렇게 종길은 평생을 언니 인길만 의지하고 살았다.

그런데 이제 어떡하나……. 그 괴수 같은 것들 사이에서 인길이 무사할까? 자기 자신을 위해서는 조금도 악착같이 굴지 않는 언니가 그 틈바구니에서 살아남을 수 있을 것 같지 않았다. 종길은 아무리 마음을 다르게 먹으려고 해도 자꾸만 나쁜 생각이 들었다.

종길의 뒷좌석에 앉은 진희도 계속 훌쩍였다.

"영국아, 도영국……. 어떡해……."

늘 툴툴거리기는 해도 영국의 마음이 얼마나 따뜻하고 여린지 진희는 누구보다 잘 알았다. 사춘기가 찾아오고 숫기가 없어서 말을 툭툭 뱉어도 항상 뒤에서 진희를 챙겨 주었던 영국이었다. 진희는 영국을 두고 혼자만 살아남아 이렇게 열차에 타고 있는 게 미안했다. 심지어 기차가 출발하는 것조차 막지 못했다. 어떡해…… 나는 어떡해.

그때 진희의 전화기가 울렸다. 진희는 전화기를 힐끔 보다 액정에 뜬 이름을 보고 황급히 전화를 받았다. 아까보다 더 눈물이 터져 나왔다. 이번에는 흐느끼는 게 아니라 대성통곡에 가까웠다.

"야, 도영국! 너 어디야! 난 너 죽은 줄 알았잖아…… 으이씨!"

9호차 객실에 있는 영국도 눈물이 솟는 건 마찬가지였다. 영국의 우는 모습은 진희보다 더 어린아이처럼 보였다. 아까 친구들이 죽어간 순간이 자꾸만 떠올랐다. 내가 더 먼저 뛰어갔으면…… 나만 살아남았다. 그 사실이 너무 버거워 견딜 수 없었다. 미안하고 괴로웠다.

"미안해……. 미안해. 나만 빼고 애들 다 못 탔어. 엉엉, 어떡해……. 미안해……."

'아냐, 아냐, 영국아. 울지 마. 네 잘못 아니야. 네가 잘못한 거 아니야.'

진희는 친구들이 열차에 타지 못했다는 말에 놀랐지만 영국을

달래는 게 더 먼저였다. 진희의 말은 영국의 마음을 다독여 줬다. 진희의 위로에 영국은 어깨를 들썩이며 감정을 다독였다.

석우도 영국의 뒤에서 불안스럽게 서성였다. 수안이는 잘 있을까? 수안의 핸드폰은 가방에 있었고, 그 가방은 대전역에서 잃어버리고 말았다. 수안이 무사한지 또 어디에 있는지 알아낼 방법이 없었다. 석우가 상화를 보았다.

"와이프한테 연락 좀 해봐요. 우리 수안이랑 같이 있는지."

"안 그래도 해보려던 참이었어. 기다려."

상화가 전화기를 꺼내 전화를 걸었다.

'아악! 꺅! 크아아악!'

전화가 연결되지마자 상화의 핸드폰에서 비명 소리와 괴성들이 울려 퍼졌다. 갑작스러운 소리에 놀란 상화와 석우의 눈이 서로 마주쳤다. 수안과 성경에게 무슨 일이 생긴 게 틀림없었다.

몇 분 전, 수안과 성경, 인길과 노숙자는 감염자들로 가득 찬 객실을 보았다. 달리는 열차에서 다른 방법은 없었다. 그들은 애써 놀란 마음을 다잡고 천천히 움직였다. 숨소리마저 죽인 채 발걸음을 딛었다. 등줄기로 식은땀이 흘렀다. 목적지는 당장 눈에 보이는 화장실이었다.

  수안과 인길이 먼저 화장실로 들어갔다. 성경이 뒤를 이어 화장실로 들어가려던 찰나였다. 순간 성경이 놀라 멈추었다. 화장실 문 뒤에 감염자가 있었다. 다행히도 등을 보이고 선 감염자는 성경을 보지 못했다. 성경과 노숙자는 애써 아무런 소리도 내지 않고 수안과 인길이 들어간 화장실로 걸음을 옮겼다. 막 성경이 화장실 문을 닫으려고 할 때 갑자기 성경의 핸드폰이 요란하게 울렸다. 그 소리에 감염자가 뒤를 돌아보았다. 눈동자의 핏줄이 모두 터져 눈이 텅 비어 있는 끔찍한 몰골이었다.

  "끼이이꺅! 꺅! 이약!"

  감염자가 내지르는 괴성에 성경과 노숙자는 놀라 숨이 턱 막혔다. 성경은 화장실 문을 닫느라 핸드폰을 놓쳐버리고 말았다. 감염자의 괴성에 열차 한쪽에 몰려 있던 다른 감염자들도 반응하기 시작했다. 수안이 제 발 근처로 떨어진 성경의 핸드폰을 집었다. 수안은 통화 버튼을 누르고 겁에 질린 목소리로 외쳤다.

  "아저씨! 아저씨!"

  '야, 야, 뭐야? 왜 니가 받아? 너 어디야?'

수안의 예상대로 수화기 너머에서는 상화의 목소리가 들렸다.

"기차! 기차 화장실이에요!"

'화장실? 어디 화장실?'

어디? 여기가 어디? 수안은 당황해 주위를 두리번거렸지만, 기차의 연결부는 모두 비슷비슷해 보였다.

"……어, 어, 그러니까 여기가……."

감염자들이 달려오자 성경이 화장실 문을 겨우겨우 막으며 소리쳤다.

"13호차! 빨리 와, 이 새끼야!"


뚝, 전화가 끊겼다. 상화는 성경의 목소리에 정신이 번쩍 들었다. 버럭 내지르는 소리를 듣는 것만으로 성경의 표정이 저절로 그려졌다. 상화가 석우를 보며 말했다.

"13호 화장실에 있대……."

"수안이도?"

조급한 석우의 물음에 상화가 고개를 끄덕였다. 상화는 석우가 얼마나 마음을 졸일지 누구보다 가장 잘 알고 있었다. 석우가 10호차 문 쪽으로 걸어갔다. 유리문 너머 보이는 10호차 객실에는 감염자들이 서성이고 있었다. 그 광경에 석우는 얼굴이 새하얗게 질렸다. 그러면서도 무엇에 홀리기라도 한 듯 석우가 문손잡이를 잡았다. 수안아. 아빠가 금방 갈게. 조금만, 조금만 기다려. 석우의 머릿속에는 두려움에 떨고 있을 수안에게 가야 한다는 생각뿐이었다.

상화가 재빨리 석우의 팔을 붙잡아 당겼다.

"건너갈라고?"

석우가 힘없이 고개를 끄덕였다. 자신 없는 표정이었다. 가야 한다는 생각은 명확하게 들었지만, 무사히 갈 수 있을지 확신할 수 없었다.

"아니, 어떻게 뚫고 가려고? 그래, 뚫고 가서 구했다 쳐……. 다시 어떻게 올 건데?"

석우는 머릿속이 텅 비는 것 같았다. 그래, 운 좋게 9호차에서 10, 11, 12호차 세 칸을 헤치고 13호차까지 갈 수 있을지 모른다. 그곳에서 수안을 구해서……. 그다음엔? 다시 이쪽으로 돌아올 수 있을까? 저들을 헤치고? 조금도 다치지 않고? 감염자들이 얼마나 많이 있을지도 모르는데? 왕복으로 여섯 칸이었다. 아귀 같은 것들이 미쳐 날뛰는 지옥 같은 곳을 무려 여섯 번이나 건너야 했다. 상화한테 붙잡힌 팔을 내려다보는 석우의 눈에 생기가 점점 옅어졌다.

"……15호차에 사람들이 모여 있어요."

영국이 울음이 덜 가신 목소리로 말했다. 상화와 석우의 시선이 동시에 영국에게 꽂혔다.

"방금 친구랑 통화했거든요. 15호차래요."

그렇다면 아까와는 이야기가 조금 달라졌다. 이번에는 상화가

의욕적으로 다음 칸 번호를 보았다. 10호차라는 팻말이 또렷하게 보였다. 석우는 빠르게 계산했다. 일단 어떻게든 13호차 앞까지 간 다음 수안을 구해서 13호, 14호 두 칸만 잘 통과한다면……. 그럼, 사람들이 있는 15호차까지 갈 수 있었다. 해볼 만했다.

영국도 석우와 상화와 함께할 생각이었다. 15호차에 있는 진희에게 가야 했다. 진희와 함께 있고 싶었다. 영국은 진희가 겉은 강해 보여도 속은 여리다는 걸 알고 있었다. 그런 진희 곁에 자신이 있어야 했다.

영국이 객실에 떨어져 있는 야구 방망이를 챙기고 선반에서 짐 보따리들을 끌어내렸다. 마침 잡힌 게 동대문에서 물건을 떼어 가는 아가씨들의 꾸러미였다. 영국, 상화, 석우 세 사람은 잠시 서로를 보았다. 말은 하지 않았지만 서로의 뜻이 같다는 것을 알 수 있었다. 그들은 이내 결심한 듯 재킷을 벗어던지고 가방에서 이것저것 챙기기 시작했다. 가방 안에는 레이스 천을 비롯해 벨트, 장갑 등 가죽 제품들이 많이 있었다. 상화는 천을 들어 팔에 돌돌 감고는 가죽끈으로 꼼꼼하게 묶었다. 석우도 가죽 벨트를 팔에 칭칭 감았다.

상화는 객실에 비치되어 있는 비상용 유리 망치가 있는 곳으로 걸어갔다. 유리 망치 보관함의 유리는 쾅쾅, 주먹으로 내려치니 금세 박살 났다. 유리 망치를 꺼낸 상화는 반대편에서도 똑같이 유리 망치를 꺼내 양손에 묶었다. 상화를 본 석우는 근처에 떨어져 있는 방패와 곤봉을 주워들었다. 각자 무장한 채로 무기를 들고 있는 세 사람의 모습이 비장했다.

상화가 문 앞으로 가 10호차를 살폈다. 감염자 다섯 명이 객실 안을 이리저리 서성이고 있었다. 상화가 말했다.

"자, 세 칸만 가면 돼……. 내가 선두, 가운데 너, 그 뒤에 너. 젤 뒤에서 달려드는 놈이 있으면 막아."

상화가 차례로 영국과 석우를 가리켰다. 두 사람은 동시에 고개를 끄덕였다. 문손잡이에 손을 뻗던 상화가 동작을 멈추고 불현듯 생각난 질문을 던졌다.

"근데 너 펀드 매니저라며?"

"……."

"어떻게…… 주로 따는 쪽이야?"

그게 지금 무슨 소용이람. 석우는 미심쩍게 고개를 끄덕였다.

"그래, 그럼 이것도 승산이 있는 거네?"

석우는 그제야 상화가 던진 질문의 의도를 파악했다. 그랬다. 석우는 그동안 이기는 게임만 했다. 아니, 더 정확하게 말하면 자기가 선택한 게임을 이기게 했다. 일 중독자에 냉혈한이라는 소리가 아무렇지도 않은 삶을 살았다. 그러나 지금은? 석우는 자꾸만 찾아오는 불안을 쫓기 위해 다부지게 말했다.

"없으면 만들어. 지금도 그렇게 할 거고."

"허. 그래? 꾼이니까 이것도 잘 알겠네. 쓸모없어지면 그냥 버리

고 가는 거……."

상화의 말에 석우는 가슴이 뜨끔했다. 석우가 늘 입에 달고 다니는 말이었다. 부하 직원들한테도 늘 이야기했다. 쓸모없어지면 버려. 원래 이 바닥이 다 그런 거야. 그러니까 버려지기 싫으면 계속 달려. 그 말이 갑자기 잔인하게 느껴졌다.

상화는 10호차를 노려보며 낮지만 단호하게 말했다.

"터널 끝나면 들어간다."


터널은 꽤 길었다. 세 사람은 터널의 끝을 놓치지 않겠다는 듯 어둠 속에서도 앞을 노려보았다. 사랑하는 사람이 저 건너에 있었다. 치직치직 스파크가 튀는 소리와 함께 점점 터널 끝이 가까워졌다. 열차는 동그란 빛 속으로 빨려 들어갔다. 터널이 끝났다.

"간다!"

상화가 문손잡이를 당기며 말했다. 칙 소리와 함께 문이 열리자 그 소리에 감염자들이 전부 동시에 고개를 돌렸다. 감염자들은 석우 일행을 발견하고 괴성을 내지르며 득달같이 달려 나왔다. 상화도 기합 소리를 크게 내고서 감염자들을 향해 달려갔다.

상화는 가장 먼저 달려오는 감염자를 향해 오른쪽 주먹을 날렸다. 그의 주먹이 허공을 가르고 감염자의 왼쪽 턱에 정확히 꽂혔다. 첫 번째 감염자가 오른쪽으로 나가떨어졌다. 동시에 뒤따라오는 두 번째 감염자를 향해 상화가 반대편 주먹도 연속 동작으로 날렸다. 휘익! 퍽! 두 번째 감염자는 상화의 주먹에 왼쪽으로 나뒹굴었다. 이어져 세 번째 감염자가 달려들었다. 왜 이렇게 가까워. 거리가 안 나오네. 주먹을 날리기 마땅치 않자 상화는 짧게 잽을 날리다 감염자의 멱살과 가랑이를 동시에 잡고 열차 천장에 꽂듯이 던졌다. 그 충격에 10호차가 크게 흔들렸다. 상화는 몸동작이 커서 제 몸을 방어하는 데 시간이 걸렸다. 그사이 네 번째 감염자가 상화의 어깨를 금방이라도 물어뜯을 듯한 기세로 덤볐다. 상화는 일단 임기응변으로 가죽으로 감싼 팔을 감염자의 입에 쑤셔 넣었고 그대로 몸을 앞으로 움직여 쭉쭉 밀어붙였다. 팔을 문 감염자의 턱에서 우두둑 뼈관절이 빠지는 소리가 났다. 그러나 팔뚝을 문 힘은 점점 더 거세졌다.

"아악."

가죽 안으로 통증이 느껴졌다. 이 기세라면 가죽도 뜯어낼 것 같았다. 상화의 얼굴이 일그러졌다. 이때 상화의 뒤에서 영국이 소리쳤다.

"숙여요!"

상화가 얼른 고개를 숙였다. 상화의 머리 위로 야구 방망이가 빠르게 지나갔다. 방망이가 바람을 가르는 소리에 상화는 뒷덜미가 서늘해졌다. 아유, 잘못하면 대가리 깨질 뻔했네. 상화는 식겁한 가슴을 쓸어내렸다. 영국의 스윙은 상화를 문 감염자의 관자놀이를 날렸다. 감염자의 머리통이 터지면서 피가 사방으로 튀었다.

영국은 기세를 몰아 멈추지 않고 상화를 지나쳐 달렸다. 자신에게 달려드는 마지막 감염자를 향해 방망이를 크게 휘둘렀다. 영국의 움직임은 강하면서도 아름다웠다. 영국이 휘두르는 방망이는 우아한 포물선을 그려냈다. 그 방망이에 그대로 감염자가 턱을 맞고 나가떨어졌다. 앞이 뚫리자 11호와 12호의 연결부를 향해 영국, 상화, 석우가 내달렸다.

투둑투둑, 머리가 깨진 채로, 턱이 나간 채로 감염자들이 다시 일어나기 시작했다. 감염자들은 검붉은 피를 뚝뚝 흘리면서 다시 세 사람을 쫓기 시작했다. 다시 일어선 감염자들은 이전보다 더 팔팔해 보였다. 영국이 가까이 가자 문이 자동으로 열렸다. 수동으로 전환되지 않은 문이었다. 영국의 뒤로 상화가 오고, 곧이어 석우가 문 안으로 들어왔다. 상화가 문을 닫으려고 했지만 자동문 상태라 닫히지 않았다. 아이고, 진짜…… 상화는 왔던 길을 되돌아가 객실 쪽으로 몸을 내밀어 문 위에 달린 수동 전환 스위치를 눌렀다.

무방비 상태나 다름없이 문을 붙잡고 있던 상화에게 감염자가 몸을 날렸다. 그 모습을 보고 석우가 재빨리 상화 앞으로 나와 곤봉을 휘둘렀다. 감염자는 곤봉에 머리를 맞고 나가떨어졌다. 어라? 상화가 의외라는 듯 석우를 보았다. 석우도 얼떨떨했다. 자신도 모르게 몸이 저절로 움직였다. 정신없이 서로의 얼굴을 보고 있는 둘을 영국이 확 끌어당기고 문을 닫았다. 그제야 상화와 석우도 정신을 차렸다.

그러나 닫히는 문 사이로 감염자의 팔이 휙 들어왔다. 영국이 힘을 주어 문을 닫으려고 했지만, 오히려 감염자는 영국을 잡으려는 듯 손을 휘저었다. 피범벅인 손이 아등바등 기를 썼다. 나머지 감염자들도 유리문으로 달려왔다. 감염자들은 온몸으로 유리문을 들이받았다. 일단은 버텨보지만 오래 버티기는 힘들 것 같았다. 영국이 상화와 석우를 향해 소리쳤다.

"그냥 가요!"

셋은 문 닫는 것을 포기하고 11호차를 향해 내달렸다. 문이 열리기 무섭게 감염자들이 쏟아지듯 들어왔다. 영국이 얼른 11호차의 손잡이를 돌렸다. 치익, 안으로 들어선 영국이 처음의 기세와 달리 움찔하며 멈춰 섰다.

11호차에 있는 감염자 아홉 명은 모두 유니폼을 입은 야구부 부원이었다. 감염자들은 소리에 뒤돌아 문 쪽을 보았다. 옷은 피투성이가 된 채 찢어진 상태였다. 여기저기 물려 뜯겨나간 흔적은 제각각이었고, 몇몇은 핏줄들이 모두 터져 얼굴을 알아보기도 어려웠다. 이전과는 완전히 달라진 모습이지만 영국은 친구들 하나하나를 알아볼 수 있었다. 눈물이 날 것 같았다. 바로 아침까지만 해도 영국과 웃고 떠들고 장난치던 친구들이었다.

"하아……."

영국이 비틀거리며 물러서자 상화가 한숨을 내쉬며 먼저 달려들

었다. 상화는 빠르게 감염자들의 위치를 훑었다. 가운데 통로로 네 명이 달려오고 있었고, 왼쪽 의자로 세 명이, 오른쪽 의자로 두 명이 넘어오고 있었다. 오케이, 접수. 상황 파악을 마친 상화가 뛰어가며 일단 가운데로 달려드는 야구부 부원들에게 양 주먹을 연속으로 날렸다. 감염자들이 오른쪽과 왼쪽으로 각각 나가떨어졌다.

석우는 상화를 지나 앞으로 나섰다. 석우가 자신 쪽으로 달려드는 감염자를 방패로 막으며 뒤로 밀었다. 그 바람에 감염자 하나가 영국 바로 앞으로 떨어졌다. 흐읍……. 영국은 애써 정신을 차리고 감염자를 방망이로 내려치려다 멈췄다.

"은호야……."

감염자의 등판에 적힌 이름이 선명하게 보였다. 은호는 야구부에서도 영국과 가장 친하게 지낸 친구였다. 같이 운동하고, 밥 먹고, 때로 감독님 몰래 게임방을 가고……. 영국은 방망이를 치켜든 채 은호의 이름을 멍하니 바라보고 섰다.

　영국이 머뭇거리는 틈을 타 감염된 은호는 일어나 자신에게 등을 보이고 선 상화를 향해 달려들었다. 은호가 아니야, 저건. 은호가 짐승처럼 울부짖는 소리에 영국은 순간 깨달았다. 입을 벌리고 미친 듯 괴성을 내지르는 저 괴물은 더는 자신의 친구 은호가 아니었다.

　상화는 자신의 시야에 들어오는 야구부만으로도 정신이 없었다. 그러던 중에 갑자기 뒤에서 한 명 더 달려들자 당황스러웠다. 어엇! 상화는 은호를 피할 여력이 없었다. 달려드는 입을 피해 상화가 좌석 사이로 쓰러지듯 넘어졌다. 이때를 놓치지 않고 은호가 입을 벌리며 상화에게 달려들었다. 그사이 무슨 짓을 했는지 은호의 이는 모두 송곳니처럼 날카롭게 벼려져 있었다. 은호는 이를 서로 맞부딪히며 상화의 얼굴 바로 앞에 제 얼굴을 들이밀었다. 꼼짝없이 물릴 판이었다.

　"아악!"

　깜박. 순간 거짓말처럼 객실 안이 어두워졌다. 열차가 터널 속으로 들어간 것이다. 눈을 질끈 감았던 상화가 아무런 일도 일어나지 않자 슬그머니 눈을 떴다. 상화는 놀라운 장면을 보았다. 자신에게 달려들던 은호의 동공이 더욱 뿌옇게 흐려졌다. 그리고 미친 듯 움직여대던 입을 서서히 다물어지기 시작했다. 코를 킁킁거리며 고개를 좌우로 두리번거리는데 앞이 제대로 보이지 않는 모

양이었다.

은호만 다르게 행동하는 게 아니었다. 열차 안을 날뛰던 다른 감염자들의 움직임도 일제히 잠잠해졌다. 열차 안은 조금 전의 괴성 대신 감염자들이 코를 킁킁거리는 소리만 가득했다. 야구부 부원들은 곁에 있는 석우, 상화, 영국을 전혀 알아차리지 못했다.

석우도 그 장면을 유심히 보았다. 믿을 수 없었다. 날뛰던 저것들이 왜 잠잠해진 거지? 야구부 부원들은 요란스럽게 코를 킁킁거리며 주춤주춤 움직였다. 어둠 속에서는 어떻게 움직여야 할지 모르는 존재들 같았다. 갑자기 선반 위에 놓인 가방에서 야구공이 후두둑 바닥으로 떨어졌다. 야구부원들은 소리가 나는 곳으로 허겁지겁 몰려갔다. 그때 석우 머릿속에 유리문에 성경이 물을 뿌리고 신문지를 덮은 장면이 떠올랐다. 그냥 보이니까 달려든다…….
설마?

석우가 조심스럽게 뒤쪽으로 물러나며 곤봉으로 방패를 쳐보
았다.

통.

그 소리에 야구부원들이 일제히 몸을 돌려 석우 쪽을 바라봤다.
석우는 확신이 생겼다.

통, 통, 통.

석우는 아까보다 더욱 힘주어 방패를 쳤다. 소리가 나는 쪽으로
야구부원들이 서서히 걸어오기 시작했다. 그들이 가까이 오자 석
우가 소리를 멈추었다. 그러자 부원들은 사냥감을 놓친 짐승처럼
불안하게 두리번댔다. 이제 어떻게 해야 할지 모르는 눈치였다.

영국과 상화는 석우가 야구부원들을 유인하는 것을 보고 있
었다.

아저씨 짱이다. 피리 부는 사나이 같아. 영국이 속으로 감탄하
며 엄지를 치켜 보였다.

석우가 조용히 하라는 듯 검지를 입술에 댄 뒤 12호 쪽을 가리
켰다. 그 손짓을 이해한 두 사람은 조용히 고개를 끄덕이며 발소
리를 죽인 채 이동하기 시작했다. 무사히 11호차와 12호차의 연
결부에 도착한 셋은 얼른 문을 닫았다.

문을 닫자마자 세 사람은 숨을 크게 몰아쉬었다. 이제 한 칸 남

왔다. 상화가 궁금해서 못 참겠다는 듯 영국에게 물었다.

"쟤네 터널에 들어가니까 멈춘 거 맞지? 어두워지니까 그런 거
같은데……."

영국도 고개를 갸웃거렸다.

"그런 거 같긴 한데 잘 모르겠어요……."

저자들은 어두운 곳에서는 앞을 볼 수 없다. 석우는 조금 전의
상황을 통해 그렇게 확신했다. 석우는 고개를 들어 12호차 번호
판을 보았다. 유리문 앞에 서서 객실 안을 들여다보자 12호차와
13호차 연결부 화장실 부근에 감염자들이 득실득실 몰려 있었다.
얼핏 보기에도 열 명은 족히 넘는 듯했다. 저 안에 수안이 있다…….
석우는 노려보듯 그곳을 바라보았다. 상화와 영국도 어느새 석우
뒤로 와서 같이 객실 안을 살폈다. 상화가 탄식하듯 말했다.

"이런, 씨. 겁나 많네……."

영국도 예상보다 많은 숫자에 벙찐 얼굴로 물었다.

"이제 어떻게 해요?"

"어떡하긴 뭘 어떡해. 들어가야지."

상화가 막무가내로 들어가려고 손잡이를 잡았다. 감염자들을
가만히 지켜보던 석우가 그런 상화를 막았다.

"핸드폰 좀 줘 봐요."

"왜?"

"줘 봐요. 계획 좀 세우려고 하니까."

"계획?"

여기서 몸으로 밀어붙이는 거 말고 무슨 계획이 있나? 상화가 미심쩍은 듯 자신의 핸드폰을 내밀었다. 석우는 상화의 핸드폰과 자신의 핸드폰을 양손에 각각 쥐고 버튼을 누르기 시작했다.

열차가 다시 터널 속으로 들어왔다. 객실이 순식간에 어두워졌다. 석우의 분석대로 감염자들의 움직임이 둔해졌다.

지잉. 문이 열리고 상화와 영국, 석우가 12호차로 살며시 들어왔다. 마지막으로 들어온 석우가 11호차와 12호차의 연결부 바로 앞 객실 바닥에 상화의 핸드폰을 놓았다. 미리 약속한 대로 객실 통로의 중간쯤에서 상화는 오른쪽, 영국과 석우는 왼쪽 좌석으로 들어가 몸을 숨겼다. 석우는 불빛이 새어나가지 않도록 재킷으로 가린 채 핸드폰을 눌러대기 시작했다.

'오! 필승 코리아~!'

갑자기 명랑한 벨 소리와 함께 대한민국 국민이라면 모두가 안다는 구호가 쏟아졌다.

'오! 필승 코리아~! 오! 필승 코리아~!'

문 앞에 두고 온 상화의 핸드폰이 부르르 떨며 구호를 외쳐댔다. 예상치도 못한 벨 소리에 하마터면 영국은 크게 웃음을 터뜨릴 뻔했다.

감염자들은 곧바로 소리에 반응했다. 상화의 핸드폰 쪽으로 떼

지어 몰려가기 시작했다. 중간에 숨어 있는 상화, 석우, 영국은 감염자들의 관심사가 아니었다. 선명하게 울리는 벨 소리에 감염자들은 잔뜩 흥분해 있었다. 자기들끼리 부딪히고 넘어져 엉망으로 나뒹굴면서도 감염자는 계속해서 소리가 나는 쪽으로 향했다.

감염자들은 순식간에 반대편에 몰리게 됐다. 핸드폰을 중심으로 동그랗게 모여서 무언가를 찾는 듯 고개를 두리번거렸다. 석우가 감염자들이 떠난 걸 확인하고 휑하니 빈 통로를 달렸다.

저 새끼 뭐야, 똑똑한데? 상화와 영국은 석우의 계획에 감탄하며 석우의 뒤를 따랐다.

좁은 화장실 안에서 성경과 노숙자, 수안과 인길 네 사람은 오돌오돌 떨고 있었다. 문밖에는 감염자들이 득실거리고 있었다. 얼마나 버틸 수 있을까. 누가 자신들을 구하러 와 줄까. 그때 성경의 귀에 익숙한 멜로디가 울렸다.

'오! 필승 코리아~! 오! 필승 코리아~!'

틀림없이 상화의 핸드폰 벨 소리였다. 언제 적 월드컵이냐고 벨 소리 좀 바꾸라는 성경의 구박에도 그날의 감동은 평생 잊을 수 없다며 고집스럽게 바꾸지 않던 상화의 벨 소리. 성경은 더 자세히 소리를 들으려 화장실 문에 귀를 가져다 댔다.

그 순간 누군가 화장실 문을 노크했다.

또도~. 독, 똑, 똑.

뭐지, 이 익숙한 멜로디는? 금방이라도 대한민국을 외쳐야 할 것 같은 이 멜로디는……. 노크 소리에 묘하게 성경의 얼굴이 찡그려졌다. 노크 소리는 한 번 더 울렸다.

또도~. 독, 똑, 똑.

틀림없었다. 성경은 문을 벌컥 열었다. 문을 열자 바로 앞에 상화가 씩 웃으며 서 있었다.

"야! 윤상화!"

성경은 주먹으로 상화를 치는 시늉을 하다가 이내 주먹을 힘없이 떨어뜨렸다. 동시에 그녀의 뺨으로 눈물이 주르륵 흘러내렸다. 자신을 구하러 와준 남편이 고맙고 반가웠다. 눈물을 흘리는 성경을 보자 상화도 코끝이 찡했다.

"잘했어. 잘 견뎠어."

상화는 성경을 안고 머리를 토닥여주었다. 무슨 일이 있어도 이 사람은 내가 지킨다. 상화는 마음속으로 다짐했다.

석우가 시계를 한 번 확인하더니 상화를 툭툭 쳤다. 상화가 돌아보자 석우는 맞은편 화장실을 가리켰다. 그랬다, 시간이 없었다. 상화는 성경에게 잠깐 안에 들어가 있으라는 시늉을 하며 성경을 밀어 넣었다. 성경이 다시 화장실 안으로 들어갔다. 여자 화장실의 문을 닫아주며 석우가 성경 뒤에 있는 수안을 살폈다. 수안도 석우를 보고 있었다. 짧은 순간이지만 마주친 눈빛에서 많은 이야기가 오갔다. 아빠…… 잘 있었구나.

시간이 없었다. 터널이 끝나기 전에 셋은 맞은편 화장실로 들어가 문을 잠갔다. 철컥 문이 닫히자마자 터널이 끝나고 열차 안으로 빛이 쏟아졌다.


화장실은 건장한 성인 남성 세 명이 서 있기는 턱없이 좁았다. 원하지 않아도 세 사람 모두 살이 맞닿을 수밖에 없었다. 그 와중에도 석우는 자신의 핸드폰으로 무언가를 검색하며 생각에 잠겨 있었다. 상화는 그런 석우를 유심히 보았다.

상화는 고맙다는 말을 하고 싶었다. 석우가 짠 계획이 맞아떨어졌기 때문에 좀 더 안전하게 아내 성경을 만날 수 있었다. 처음에는 뭐 이런 새끼가 다 있나 싶었는데……. 역시 성경 말대로 본래 악한 사람은 없는가 보지. 상화는 석우를 다시 보며 생각했다. 어떻게 보면 두 사람은 꽤 잘 어울리는 콤비였다. 상화의 힘과 석우의 머리……. 이게 합쳐진다면 이 상황도 끝까지 잘 헤쳐 나갈 수 있지 않을까.

상화가 대뜸 입을 열었다. 그런데 고맙다는 말 대신 괜히 엉뚱한 말이 먼저 튀어나왔다.

"어이, 싸가지. 내 덕에 딸내미하고 재회한 기분이 어때?"

석우도 상화의 화법에 익숙해졌다는 듯 상화의 말을 받아쳤다.

"유치하게…… 대한민국이 뭡니까?"

"킥."

두 사람의 대화를 듣고 있던 영국이 참지 못하고 킥킥댔다. 아까부터 참았던 웃음이었다. 민망해진 상화가 영국을 갈구었다.

"이 새끼가 웃어? 쥐방울만 한 새끼가……."

영국은 상화의 눈치를 보며 애써 표정을 굳히려 했지만 한 번 터진 웃음을 막는 일은 쉽지 않았다. 새끼, 이제 좀 덜 무섭나 보네? 아깐 그렇게 찔찔 짜더니……. 상화도 그런 영국이 귀엽다는 듯 픽 웃었다. 그 와중에도 석우는 혼자 중얼거렸다.

"……거리가 10킬로미터……. 300킬로미터 달리면……."

"뭐라는 거야? 뭐라고?"

"2분. 2분 정도 시간을 벌 수 있는 터널이 있어요. 건너갈 수 있겠죠?"

석우가 만지고 있던 핸드폰 화면을 보여주었다. 축적이 표시된

지도를 배경으로 빨간 점으로 표시된 열차의 움직임을 보여주는 GPS 화면이었다. 석우는 길을 따라 이동하고 있는 점에서 시선을 떼지 않으며 계속 중얼거렸다.

"만약에 그 터널을 놓치면…… 3킬로미터로 뒤에 길이가 대략 6킬로미터……."

이 새끼 봐라. 상화는 그런 석우의 모습을 재밌다는 듯 지켜보고 있었다. 늘 말보다 주먹이 먼저 앞섰던 상화로서는 석우가 머리를 굴려 전략을 짜는 게 신기했다. 이 모습만으로도 석우가 여태껏 어떻게 살아왔는지 보이는 것 같았다. 늘 치밀하게 계획하고, 계속 생각하고, 심각하게 고민했겠지. 아유, 피곤해. 상화가 피식 웃더니 말했다.

"그래서 넌 항상 따는 쪽이라고?"

"……."

"고생 좀 했겠구먼……."

상화의 무심한 듯 따뜻한 말에 대답 없이 계산에만 열중하던 석우가 상화를 물끄러미 보았다. 고생했다……. 그 말을 언제 들어 봤더라? 석우의 주변인들은 석우가 미친 듯이 일하는 걸 당연하게 여겼다. 석우 자신도 그렇게 생각했다.

석우는 상화의 말에 멍해졌다. 고생했다. 아무도 나한테 그렇게 말해주지 않았는데……. 그래, 맞아. 그 말이야. 그 말이 듣고 싶었어. 고생했어, 고생했다고. 여태까지 뒤처지지 않으려고……. 행여나 내 식구들이 돈 때문에 기죽게 하지 않으려고……. 그렇게 살았어. 그러니까 고생한 게 맞겠지?

상화가 진지하게 석우를 바라보면서 말을 이었다.

"딸이랑 많이 못 놀아주지? 바빠서. 쫌만 참아. 네 딸도 더 크면 네가 왜 그렇게 기를 쓰고 사는지 알지 않겠어? 아빠들은 원래 인정 못 받고 욕먹고 그래도 희생하고 사는 거지. 안 그래?"

상화가 이해한다는 뜻으로 석우의 어깨를 툭 쳤다. 아빠는 자기밖에 몰라. 수안의 울먹이는 목소리가 다시 떠올라 석우는 마음이 아팠다. 이기적으로 살아야 내 걸 지킬 수 있는 거야. 그래서 그랬다고. 그런데 그걸 수안이 알아줄까? 언젠가는? 아버지의 마음을?

시간이 지나면 알 수 있을까?

　순간 석우의 눈앞에 자신의 아버지가 떠올랐다. 덜컥 떠나버려 미웠던 아버지, 겨우 보증 때문에 나약하게 무너져버린 아버지, 친구 하나 잘못 사귀어 평생 일군 것을 무너뜨린 아버지. 아니다. 아버지도 누구보다 치열하게 살았다. 하나 확실한 건…… 아버지가 석우를, 어머니를 끔찍이 사랑했다는 사실이다. 석우도 그 사랑을 알고 있었다. 아버지는 도저히 견딜 수 없었던 것이다. 자신의 실수로 사랑하는 가족들이 고통받는 상황을 말이다. 궁지에 몰려 해서는 안 될 선택을 하고 만 것이다. 석우는 자신과 어머니를 세상에 버리고 달아난 아버지를 용서할 수 없었다. 이제 와서 돌아보면 석우 자신이 용서할 수 있고 할 수 없는 일인지 헷갈렸다. 석우는 갑자기 눈시울이 시큰거렸다. 자신은 그저 아버지의 상황을, 아버지의 마음을 지금까지 이해할 수 없었던 것일 뿐이었다. 아버지가 원망스러웠지만 한편으로는 무척이나 그리워하고 있었다.

　15호차 객실. 진희는 방금 도착한 문자를 보고 얼굴색이 밝아졌다.

　'사람들 구출. 나 지금 거기로 넘어간다.'

　진희는 그 자리에서 핸드폰을 들고 발딱 일어섰다. 갑작스러운 진희의 행동에 기철이 물끄러미 진희를 보았다.

　"제 친구가 이리로 오고 있대요!"

진희의 말에 사람들이 하나둘 돌아보았다. 누가 오고 있다고? 어디서? 우리 말고도 생존자가 더 있단 말이야? 그런데 어떻게 여기로 와? 진희의 희망찬 기운하고 다르게 여러 의문들이 사람들을 휘감았다.

기철도 이해가 가지 않는다는 듯 되물었다.

"……뭐라고요?"

진희도 상황을 제대로 이해하고 있는 건 아니었다. 누굴 구했다는 거지? 그러나 중요한 건 그런 게 아니었다. 영국이 살아서 여기로 온다는 게 중요했다. 진희가 빠르게 말했다.

"그러니까 제 친구가 저쪽 칸에 있었는데, 이쪽으로 넘어온대요."

사람들은 여전히 멀뚱히 진희를 보았다. 각자 무슨 생각인지 표정만 봐서는 쉽게 알아챌 수 없었다. 그때 용석이 빠르게 걸어오

며 윽박지르듯 말했다.

"야, 누가 온다고?"

"제 친구요. 원래 9호차에 있었는데 사람들을 구해가지고……."

"구해? 아니, 상처 하나 없이 그 괴물들을 뚫고 오면서?"

비웃듯이 말하던 용석이 버럭 소리를 질렀다.

"감염 안 된 게 확실하냐고!"

"그게 무슨……."

"여기 사람들 봐봐……. 지금 이 상황에서 가족들 생사 확인도 안 되는 사람들 천지야! 그런데 니 친군지 뭔지, 괴물들한테 감염되었을지도 모르는데 이리로 들여보내자, 이거야?"

승객들은 용석이 자신들의 처지를 이야기하자 아픈 부분이 찔린 듯 통증이 밀려왔다. 그래, 우리는 겨우 살아남았다. 함께 열차에 탄 일행들을 놓치면서, 또 버리면서……. 기차 밖의 가족들이 어떻게 되었는지도 모른다……. 그런데 어떻게 될지도 확실하지 않은 자들을 이 안에 들이자고? 그 사람들이 언제 괴물처럼 변해 덮칠지 모를 일이었다. 안 돼. 사람들의 시선이 급격히 냉담해졌다.

용석이 쐐기를 박듯 말했다.

"절대 안 돼!"

"아저씨……."

진희는 한 사람이라도 제 말에 힘을 실어주길 기다리며 객실 안을 보았지만, 사람들은 오히려 진희를 차갑게 쏘아볼 뿐이었다. 반응이 이토록 싸늘할 거라고 진희는 예상하지 못했다. 당황한 진희는 말없이 생각에 잠겨 있는 기철에게 매달렸다. 승무원이라면 다른 사람들과 다를 것이다. 기철 한 사람이라도 제발 올바른 판단을 해주길 바랐다.

"저기, 아저씨가 말 좀 해줘요. 이제 금방 온다는데⋯⋯."

기철은 대답을 하지 않고 바닥만 보았다. 진희가 금방이라도 울 것같이 소리쳤다.

"아저씨!"

좋겠다, 너는. 친구가 살아서 찾아올 수 있어서⋯⋯. 종길은 기철에게 매달리고 있는 진희를 무기력하게 쳐다보고 있었다. 열차가 다시 터널로 들어가기 시작했다. 열차 안이 빠르게 어두워졌다.


주변이 어둑해지자 석우가 조심히 화장실 문을 열었다. 객실 쪽을 보니 감염자들은 여전히 전화기 쪽에 몰려 있었다.

똑똑.

석우가 조심스럽게 화장실 문을 두드렸다. 화장실 문이 열리고 아까 모습대로 서 있는 성경과 인길, 수안과 노숙자의 모습이 보였다. 석우는 잘 있어 준 수안이 기특했다. 석우가 수안을 향해 손을 내밀었다. 수안이 작은 손으로 석우의 손을 붙잡았다. 작은 손은 떨고 있지만 따뜻했다. 석우가 수안을 향해 조용히 해야 한다는 포즈를 취했다. 수안도 고개를 끄덕였고 다른 사람들도 그 모

습을 보았다. 석우는 앞장서 13호차 쪽으로 걸어갔다. 석우는 문
을 수동으로 전환했다.

그러나 막상 13호차의 상태를 보자 석우는 기가 찼다. 13호차
에는 감염자들이 발 디딜 틈 없이 빼곡하게 차 있었다. 객실이 어
두워 감염자들이 석우와 사람들을 보지 못한다고 하더라도 지나
갈 틈이 없었다. 어떻게 해야 이 감염자들을 뚫고 저쪽으로 건너
갈 수 있나…….

석우는 잠시 고민하다 시선을 위로 돌렸다. 가방을 놓는 선반이
눈에 들어왔다. 다른 방법이 없었다. 석우는 상화를 보며 가방을
놓는 선반대를 턱짓했다. 미간을 잔뜩 찌푸린 상화도 달리 방법이
없었기 때문에 고개를 끄덕였다.

석우가 먼저 기어오르고 그 뒤로 영국이 수안을 안아 선반 위에
올려주었다. 석우는 수안을 돌아보며 기라는 몸짓을 했다. 수안이
고개를 끄덕이고 작은 몸을 움직여 앞으로 나가기 시작했다. 오른
쪽 가방 올리는 통로로 수안과 석우, 인길과 영국이 차례로 올랐
고, 왼쪽 통로로는 상화와 성경, 노숙자가 올랐다. 성경은 체구가
작았지만 불룩하게 나온 배 때문에 좁은 틈을 기는 것이 쉽지 않
았다. 배가 선반에 뭉개지면서 아릿한 통증이 느껴졌다. 잠잠아,
불편해도 조금만 참아. 성경은 이를 악물고 최대한 빨리 앞으로
갈 수 있도록 노력했다.

감염자들은 사람들이 선반대 위를 기어가고 있는 걸 눈치채지

못했다. 그저 어둠 속에서 그르렁대고 있을 뿐이었다. 짐승처럼 우는 소리가 바로 옆에서 들리자 사람들은 심장이 떨렸다. 소리는 너무나도 가까이에서 들려왔다. 한참을 열심히 기던 석우의 앞에 가방이 나타났다. 석우가 가방을 뒤쪽으로 세게 던졌다. 가방이 떨어지는 소리에 감염자들은 열차 칸 뒤쪽으로 달려갔다.

상화도 커다란 캐리어 가방을 마주했다. 손으로 밀어보았지만 잘못 걸렸는지 꿈쩍도 하지 않았다. 겨우 가방을 꺼내 들었지만 너무 무거워 함부로 던질 수도 없었다. 아이, 이걸 어쩐다……. 뒤쪽으로 던져야 감염자들을 혼란시킬 수 있었다. 하지만 엎드린 자세로 무거운 가방을 던지는 일은 쉽지 않았다. 그렇다고 바로 옆으로 떨어뜨릴 수도 없는 노릇이었다. 기껏 석우가 감염자들을 뒤로 몰아냈는데 다시 불러들일 수 없었다. 시간이 없었다. 결국, 상화는 한 손으로 캐리어 가방을 든 채 계속 기어가기 시작했다. 팔이 떨어져 나갈 것 같았지만 상화는 애써 티를 내지 않았다. 상화가 든 캐리어가 감염자들의 머리 위를 아슬아슬하게 지나갔다. 금방이라도 가방이 감염자들의 머리를 칠 것처럼 위태로웠다.

석우가 가장 먼저 선반대에서 내려와 수안과 인길을 내려 주었다. 그리고 상화가 힘겹게 옮기고 있는 캐리어를 부랴부랴 받았다. 상화도 선반대에서 내려와 성경이 내려올 수 있도록 도왔다. 성경 뒤로 노숙자가 따라 내렸다. 그때였다.

"아악!"

노숙자가 좌석을 밟으며 내려오다 발이 미끄러지면서 좌석 쪽으로 넘어졌다. 놀라 내지른 비명 때문에 감염자들이 우당탕 소리를 내며 달려왔다. 감염자들은 노숙자가 넘어진 좌석 주변까지 와 두리번댔다. 너무 놀라 어떻게 해볼 생각도 하지 못하고 노숙자는 오들오들 떨었다. 당황스럽기는 석우와 다른 사람들도 마찬가지였다. 그들도 어떻게 해야 할지 몰라 그저 숨을 죽이고 있었다. 그때 수안이 잡고 있던 석우의 손을 뿌리치고 노숙자에게 다가갔다. 이런! 석우는 당황했지만 말릴 틈이 없었다. 수안은 노숙자가 넘어진 좌석 앞쪽에 가서 노숙자를 향해 손을 뻗었다. 바로 근처에 감염자들이 코를 킁킁거리며 먹잇감을 찾고 있었다. 노숙자가 불안한 눈으로 수안을 올려다보았다. 수안의 눈빛에 노숙자는 그제야 마음이 차분해지며 안정을 찾기 시작했다.

어느새 수안에게로 온 석우가 수안을 끌어냈다. 석우는 노숙자가 있는 좌석의 옆 좌석에 몸을 숨기고서 두려움이 가득한 노숙자의 눈동자를 봤다. 조금 전 대전역에서 노숙자가 자신을 도와줬을 때가 떠올랐다. 지난번에는 당신이, 이번에는 내가……. 석우는 노숙자를 차분히 쳐다보며 셋을 센 뒤 연결부 쪽으로 달려가자는 뜻을 전했다. 노숙자도 알아들었다는 듯 고개를 빠르게 끄덕였다. 석우가 검지, 중지, 엄지를 차례대로 천천히 펼쳤다. 그 신호에 맞춰 노숙자가 몸을 일으켰다. 그런데 한 발 앞으로 내딛는 곳이 하필이면 음료수 캔 위였다. 감염자들의 그르렁 소리만 가득 차 있던

객실 안에 캔이 찌그러지는 소리가 울려 퍼졌다. 어정쩡하게 서 있던 감염자들이 소리가 나는 곳을 향해 일제히 고개를 돌렸다.

"그냥 와!"

상화의 외침에 석우가 노숙자의 어깨를 잡아당기며 15호차로 쏜살같이 움직였다. 두 사람이 문 안으로 통과하기 무섭게 객실이 밝아졌다. 열차가 터널에서 빠져나가고 있었다.

"키캬약캭!"

감염자들은 빛이 들자마자 석우 일행을 향해 달려들었다. 상화가 재빠르게 문을 닫았지만, 감염자의 머리가 문틈에 걸리고 말았다. 감염자는 문을 잡고 있는 상화의 손을 향해 입을 마구 벌려댔다. 성경이 놀라 소리쳤다.

"상화야!"

성경의 비명에 13호차에 가득 차 있던 감염자들이 일제히 14호차를 향해 달려오기 시작했다. 어마어마한 수였다. 뒤에서 벌어진 아수라장에 영국이 다급하게 달려가 15호차 연결부의 문을 열려고 했다. 그런데 거칠게 손잡이를 돌리던 영국이 알 수 없다는 표정을 지었다.

"어? 어? 왜 이래?"

"빨리 열어!"

상화가 필사적으로 소리쳤다. 그 소리에 문에 붙은 감염자들은 더 미친 듯이 몸을 움직여댔다. 영국이 더 우악스럽게 손잡이를

잡아당겼다. 문이 열리지 않았다. 상화는 감염자들이 밀어닥치는 문을 붙잡고 서서 소리쳤다.

"왜 안 열어?"

뭔가 이상한 기운을 감지한 석우가 재빠르게 영국에게 다가가 문을 열려고 했다. 석우의 힘에도 문은 열리지 않았다. 어떻게 된 건지 들여다보려고 해도 유리에 하얀 가루가 뿌려져서 안쪽이 보이지 않았다. 이게 어떻게 된 일인지? 석우의 머릿속이 하얗게 질렸다. 석우가 상화를 보았다. 영국이 재빨리 진희에게 전화를 걸었다.

15호차 바닥에는 소화기가 나뒹굴고 있었다. 바깥에서 들어올 수 없도록 손잡이는 넥타이와 옷으로 꽁꽁 묶여 있었다. 양복쟁이

들이 14호와 15호를 연결하는 연결부 문 앞에 서서 영국과 석우
가 두드리는 것을 가만히 바라보고 있었다. 문 열어! 문 열라고!
그 소리를 듣고 선 양복쟁이들의 얼굴은 두려움과 죄책감이 섞여
흉측하게 일그러졌다.

　객실 안의 사람들도 마찬가지였다. 쾅, 쾅, 쾅, 쾅! 저편에서 살
아 있는 사람들의 소리가 계속 들렸다. 15호차 안의 승객들의 표
정은 석우가 쿵쾅거릴수록 점점 차가워졌다. 어떡해……. 문을 열
어줘야 하는 거 아닐까? 아냐, 어떤 상태인지 알 수 없잖아. 어쩔
수 없어. 어쩔 수 없는 거라고……. 감염자일지 어떻게 알아? 그래,
감염자일 거야……. 틀림없어. 자신들의 생각이 옳다고 마음을 다
잡을수록 사람들의 얼굴은 더 흉측하게 일그러졌다.

"아아아악! 놔! 여, 영···국아!"

몸부림치며 당장에라도 문으로 달려가려는 진희를 기철이 뒤에서 붙잡았다. 진희가 소리를 지르자 그 입까지 손으로 막았다. 진희가 쥐고 있는 핸드폰이 요란스럽게 울렸다. 액정에는 익살스러운 표정을 짓고 있는 영국의 얼굴이 떴다. 용석이 핸드폰을 뺏어들고는 바닥에 던졌다. 구둣발로 거칠게 밟아대자 핸드폰은 와지직 소리를 내며 부서졌다. 승객 중 아무도 그런 기철과 용석을 말리지 않았다.

"상화야······."

성경은 고군분투하고 있는 상화에게로 천천히 다가갔다. 석우가 문을 여는 일은 영국에게 맡기고 성경을 지나 상화에게로 달려갔다. 감염자는 피부가 찢어지고 벗겨지는데도 문 사이를 뚫고 들어오려고 안간힘을 썼다. 석우는 그런 감염자의 머리를 곤봉으로 사정없이 내려쳤다. 아무리 때리고 머리를 부숴도 감염자는 똑같은 표정과 몸짓으로 덤벼들었다. 머리가 깨지면 어깨를 들이밀었다. 상화가 영국에게 다시 소리쳤다.

"새끼야, 빨리 좀 열어 봐! 빨리!"

"안 열려요! 도저히 안 열려요!"

감염자들이 한 덩어리째로 밀어붙이기 시작했다. 으으윽! 상화는 앓는 소리를 낼 정도로 힘겹게 버텨내고 있었다.

"그럼 부숴!"

영국도 마음이 급하긴 마찬가지였다. 정신없이 주위를 둘러보다가 야구 방망이로 소화기함을 깨뜨렸다. 영국은 소화기를 꺼내 유리문을 내려치기 시작했다. 문은 꿈쩍도 하지 않았다. 오히려 영국이 반동에 뒤로 튕겨 나갔다. 제발, 제발! 영국이 온 힘을 다해 다시 내려쳤다. 성경과 수안, 인길과 노숙자는 겁에 질린 채 서 있었다.

유리문 밖에 감염자들은 더 늘어났다. 요란한 소리에 12호차에 있던 감염자들까지도 몰려온 것이다. 감염자들은 자기들끼리 뒤엉켜 천정에 닿도록 쌓였다. 벌어진 문틈에서 팔과 머리들이 마구 뻗어 나왔다. 석우는 그 손들을 마구 내려쳤지만 소용이 없었다. 석우도 점점 힘이 빠졌다. 간절히 15호차로 가는 문이 열리기만 바라고 있었다. 길은 저것뿐이었다.

"빨리! 제발 빨리!"

"악!"

그때, 상화가 비명을 내질렀다. 버티기 버거워진 상화가 자세를 바꾸느라 손을 움직였다가 문틈으로 머리를 들이밀던 감염자한테 물린 것이다. 고통에 상화의 얼굴이 일그러졌다. 물린 곳이 불에 타는 듯 고통스러웠다. 석우는 상화의 손을 물고 있는 감염자의 머리를 내리쳤다. 감염자는 물러섰지만, 이미 뼈가 드러날 정도로 살점이 떨어져 나간 상화의 손에서 피가 뚝뚝 떨어졌다.

상화는 당황한 얼굴로 석우를 보았다. 석우도 얼굴에서 당혹감을 감추지 못했다.

"아아아아악!"

영국이 고함을 지르며 소화기를 내려쳤다. 파지지직. 유리문에 금이 하나둘 가기 시작했다.


문 안에 있던 양복쟁이들은 유리문에 금이 가기 시작하자 뒷걸음질을 치며 물러섰다. 한 번 생긴 균열은 순식간에 사방으로 퍼졌다. 쫙, 소리와 함께 유리문이 와장창 무너졌다. 영국이 깨진 문을 넘어 쏜살같이 달려들자 양복쟁이들은 놀라 15호차로 도망쳤다.

"저 병신들!"

용석은 14호차와 15호차의 연결부로 달려갔다. 객실 안의 사람들도 앞쪽을 보았다. 깨진 유리문을 넘어 연결부로 들어오려는 수안이 보였다. 그 뒤를 인길과 노숙자가 따르고 있었다. 멍하니 앞을 보고 있던 종길은 인길의 모습이 보이자 놀라 벌떡 일어섰다. 인길이 살아 있다!

"어, 언니!"

용석이 한 발 더 빨랐다. 용석은 재빨리 15호차 문을 닫았다. 하지만 영국도 그 틈을 놓치지 않았다. 문틈으로 재빨리 영국은 오른팔을 밀어 넣었다. 야구를 위해 애지중지해온 팔이었다. 영국의

163

팔이 문에 끼었지만 용석의 개의치 않고 막무가내로 문을 닫으려고 했다. 영국의 팔이 잘려나가도 상관없다는 듯한 기세였다.

"아아! 아악!"

영국이 비명을 질렀다. 용석은 문을 닫는 손에 힘을 더 줬다. 영국의 옆에 선 노숙자도 문을 열기 위해 거들었다. 그러자 용석 쪽에서 양복쟁이들이 달려들었다. 양복쟁이들은 영국의 팔을 밀고 문을 닫으려고 했다. 영국은 이를 악물고 버텼다. 문을 사이에 두고 양쪽에서 사력을 다해 맞서고 있었다. 종길이 용석과 양복쟁이 사이를 비집고 들어왔다.

"언니! 언니!"

종길은 양복쟁이 한 명을 문에서 떼어내려고 잡아당겼다. 그러나 오히려 나가떨어지는 것은 종길이었다. 종길은 다시 일어나 남자들에게 매달렸다.

"이놈들아, 문 열어! 우리 언니, 언니가 있단 말이야!"

기철은 어쩌지 못하고 그 모든 광경을 바라보기만 했다. 객실 안은 혼란 그 자체였다. 기철은 열차와 승객들을 책임질 의무가 있었다. 그러나 어떻게? 이런 재난 상황에서 어떻게 한단 말인가? 기철은 답을 모르는 시험지를 받아든 기분이었다. 제한 시간이 얼마 남지 않은 시험이었다. 기철이 잠시 멍해진 틈을 타 진희도 기철을 뿌리치고 달려갔다. 진희는 종길을 도와 사람들을 문에서 떼어내려고 했다.

15호차 문 앞은 문을 열려는 사람들과 닫으려는 사람들이 엉켜 아수라장이었다. 수안은 그 모습을 조금 떨어진 곳에서 바라보고 있었다.

왜 저렇게 싸우는 걸까……. 왜 문을 열어주지 않는 걸까?

15호차 안에 있는 사람들이 감염되지 않은 멀쩡한 사람들이라는 게 믿기지 않았다. 수안의 눈에는 지금 이 문을 사이에 두고 벌어지는 실랑이가 감염자들과 생존자들의 싸움과 크게 달라 보이지 않았다.


상화가 막고 선 유리문 안에는 감염자들이 마치 잼처럼 으깨진 채 버둥거리고 있었다. 문 너머 객실의 모습은 조금도 볼 수 없었다. 쩌어억. 밀어붙이는 힘에 못 이겨 문에 금이 가기 시작했다. 더는 문으로도 막고 서 있을 수 없었다. 상화는 객실 중간에 어정쩡하게 서 있는 성경을 보았다. 상화의 손에서는 여전히 피가 뚝뚝 떨어지고 있었다. 상화는 뜨거운 열감이 손에 퍼지는 걸 느꼈다. 혈관이 흉하게 부풀어 오르고 있었다. 틀렸다. 상화는 자신의 운명을 받아들였다.

성경은 상화의 모습을 보며 울음을 터트렸다. 상화의 손에서 피가 뚝뚝 떨어지고 있었다. 아무리 부정하려고 해도 상화의 손등에는 감염자한테 물린 상처가 나 있었다. 성경이 한 발 한 발 상화를 보며 다가갔다.

상화가 그런 성경을 향해 버럭 소리를 질렀다.

"오지 마!"

전에 없이 강한 상화의 고함에 성경이 놀라 걸음을 멈췄다. 자신에게 한 번도 크게 소리를 지른 적이 없는 상화였다. 성경은 무슨 말을 하려고 했지만 그저 입술만 떨 뿐이었다. 성경의 뺨으로 눈물이 주렁주렁 흘러내렸다.

"오지 마. 오면 안 돼, 성경아……."

"아니야, 아니야."

성경이 울면서 고개를 저었다. 상화는 그런 성경을 애잔하게 쳐다보더니 이번에 석우를 향해 소리쳤다.

"가! 가라고, 이 새끼야, 너도……."

"뭐?"

"가라고!"

차마 발이 안 떨어지는 것은 석우도 마찬가지였다. 여기까지 석우와 생사를 함께해 온 상화였다. 짧은 시간이었지만 어느새 서로를 이해하는 동지애 같은 게 쌓였다. 석우도 훌륭한 동지인 상화를 잃고 싶지 않았다. 망설이던 차에 석우의 눈에 파랗게 부풀어 오르는 상화의 손이 보였다. 감염된 게 분명했다.

"씨발……. 어쩌냐. 쟨 나 없음 못 사는데……. 내가 없으면 안 되는데……. 야, 싸가지. 내가 부탁 좀 한다. 어? 우리 성경이, 우리 성경이, 어?"

상화의 눈에서도 눈물이 흘러내렸다.

'오빠가 너 지켜줄게! 무슨 일이 있어도 너를 지킨다!'

'진짜야? 믿어도 돼?'

'그럼!'

상화는 성경과 결혼하며 세상을 다 가진 기분이었다. 군대를 마치고 대학에 복학했을 때 처음 만난 새내기가 성경이었다. 그때도 성경은 발칙할 정도로 당찼고 또 따뜻했다. 남자들이 많은 체대 안에서도 굴하지 않고 씩씩했던 성경. 상화는 그런 성경을, 그런 성경의 건강함과 따뜻함을 평생 지켜주겠다고 다짐했다. 에이씨, 평생 지켜준다고 약속했는데…….

손의 통증은 점점 더 심해졌다. 이제는 손이 아니라 팔 한쪽이 점점 불에 타는 듯한 열감에 휩싸였다. 온몸에 식은땀이 나며 몸이 부르르 떨리기 시작했다. 상화는 시간이 얼마 남지 않았다는 것을 알았다.

석우가 성경을 돌아보았다. 성경은 다시 한 걸음씩 상화에게로 걸어오고 있었다. 믿을 수 없다는 듯 고개를 흔들면서 계속해서 사랑하는 사람에게 다가왔다. 그 모습을 보자 석우의 눈시울도 붉어졌다. 그러나 상화가 자신에게 맡긴 일이 있었다.

"미안해……."

석우는 상화에게 마지막으로 말하고 성경 쪽으로 뛰어가듯 걸어갔다. 석우가 성경의 팔을 잡아 돌렸다. 하지만 성경은 꿈쩍하지 않았다. 계속 앞으로 움직이려고 했다. 석우가 달래며 말했다.

"가야 해요……. 가야 돼."

"성경아! 때찌야! 가! 가야 돼!"

성경이 계속 상화 쪽으로 걸어가려 했다. 상화가 없다면 자신이 산다고 한들 큰 의미가 없었다.

"싫어. 나, 그냥 너랑……."

그때 상화가 다시 소리쳤다.

"아기! 우리 아기를 생각해!"

그제야 성경이 걸음을 멈추었다. 성경은 울며 자신의 배를 내려다보았다. 톡톡, 그 순간에도 아기는 작은 울림으로 자신이 여기 있다는 사실을 엄마에게 알리고 있었다. 성경은 상화와 자신의 아이를 품고 있었다.

"성경아, 가!"

상화의 말에 석우는 다시 성경의 손을 잡아끌었다. 성경은 석우의 손에 힘없이 끌려가면서도 상화에게서 시선을 떼지 않았다.

사랑하는 사람의 마지막 모습이었다. 성경의 눈앞에도 상화와의 지난 시간들이 주마등처럼 지나갔다.

15년 동안 한결같이 자신을 사랑해 준 상화였다. 겉으로는 우락부락하고 얼굴은 험악해 보이지만 사실은 누구보다도 따뜻한 마음씨를 가지고 있는 사람이었다. 성경이 윽박지르고 성질 부려도 항상 달래 주고 장난쳐 주던 사람. 어떤 힘든 일이 있어도 농담을 던지는 배포가 큰 사람. 처음 만난 순간부터 지금까지 함께한 시간들이 빠르게 지나갔다. 처음 임신을 확인한 날, 상화는 매우 기뻐하며 성경을 안고 빙글빙글 돌았다. 세상을 다 가진 것 같다고 했다. 결혼한 지 6년 만에 선물처럼 찾아온 우리 아이였다. 그렇게 귀했기 때문에 상화는 온갖 작명 사전을 다 찾아가며 골몰하면서도 쉽사리 아이의 이름을 짓지 못했다. 우리 아이한테 건강하게 무병장수한다는 이름을 줄까? 뜻을 모두 다 이룬다는 이름을 줄까? 세상에 희망이 되라는 이름을 줄까? 상화와 성경은 아기가 태어난 뒤 자신들이 어떤 미래를 살게 될지 상상했다.

'발레를 가르칠 거야.'

어느 날은 상화가 대뜸 발레 타령을 했다.

'너 닮은 딸이면?'

'아, 그럼, 안 되는데. 우리 성경이 닮아야 하는데. 날 닮았으면 역도 꿈나무로 키워보는 거 어때?'

장난치던 모든 날이 이제는 다시 못 올 추억이 되었다. 성경은 상화 없이 아이를 키워야 한다는 사실을 받아들일 수 없었다. 또다시 눈물이 흘렀다. 아기 얼굴도 못 보다니, 아기가 아빠 얼굴도 못 보다니……. 상화도 끝까지 놓칠 수 없다는 듯이 성경을 쳐다봤다.

석우가 14호차와 15호차의 연결부로 성경을 끌고 들어설 때였다. 갑자기 상화가 버럭 소리쳤다.

"윤서연!"

성경이 상화를 돌아보았다.

"윤서연이야! 우리 딸 이름……."

상화가 떨리는 목소리로 아이의 이름을 말하는 순간 성경은 마음이 무너져 내리는 듯했다. 성경은 지금이라도 상화에게 달려가고 싶은 충동을 느꼈다.

그때 상화가 붙들고 있던 유리문이 와지직 소리를 내며 부서졌다. 파도가 덮치듯이 감염자들이 쏟아져 상화를 덮쳤다. 상화는 두 팔을 벌려 쏟아지는 감염자들을 모두 끌어안았다. 한 명도 놓치지 않겠다는 각오가 비장했다. 시간이 없었다. 석우는 성경을 강하게 끌어당겨 아직도 실랑이를 하는 15호차 문으로 달려들었다. 상화는 감염자들에게 물어뜯기면서도 어떻게든 사람들이 도망칠 수

172

있는 시간을 벌어주려 애쓰고 있었다. 그러나 감염자들을 막는 상화의 손에서 점점 힘이 빠져나갔다.

갑자기 상화의 눈앞에 신기한 광경이 펼쳐졌다. 상화가 성경의 배에 손을 얹고 처음으로 태동을 느끼던 날이었다. 상화가 큰 손을 성경의 배에 얹었다. 곧이어 손바닥으로 아이가 톡톡 노크하는 움직임이 느껴졌다. 아이고, 잠잠이야?! 상화는 너무 기뻐 가슴이 터질 것 같았다. 성경은 기뻐하는 상화를 보며 배시시 웃었다. 상화는 그 미소가 무척이나 사랑스러웠다는 게 떠올랐다.

상화가 눈을 감았다. 감은 눈으로 눈물이 흘렀다.

*

석우는 노숙자와 영국을 도와 문을 열었다. 문을 당기는 석우와 문을 열지 않으려는 용석이 서로 대치했다. 두 사람은 유리문을 사이에 두고 서로를 죽일 듯이 노려보았다. 석우는 이를 악물고 전력을 다해 문을 열었다.

석우 쪽이 더 힘이 셌다. 마침내 15호차 문이 열리고 석우가 쓰러지듯 15호차 안으로 들어섰다. 영국과 노숙자도 석우의 뒤를 따라 15호차 안으로 들어왔다. 기겁한 용석이 부랴부랴 물러났다. 석우가 수안을 찾아 돌아보자 넘어진 사람들 때문에 안으로 들어오지 못하고 서 있는 수안과 성경이 보였다. 석우가 재빨리 몸을 일으켜 수안을 안고 성경의 손을 잡았다. 인길은 몇 걸음 떨어진 뒤에 멍하니 서 있었다. 인길 역시 사람들이 벌인 난리에 충격을 받아 어떻게 해야 할지 갈피를 잡지 못하고 있었다.

"언니! 언니도 이리 와!"

종길이 다가가며 소리쳤다. 인길과 종길의 눈이 마주쳤다. 종길이 15호차 안에 살아 있는 걸 확인하자 그제야 인길의 눈이 반짝이며 생기를 띠었다. 우리 종길이 잘 있었구나. 잘 있었어. 인길의 얼굴에 반가움의 미소가 번질 때였다. 댐에서 터져 나온 물처럼 쏟아지는 감염자들이 인길을 휩쓸었다.

"언니!"

종길이 어떻게 할 새도 없이 인길은 감염자들에게 휩싸여 시야
에서 사라졌다. 인길이 고통스러운 듯 일그러진 얼굴을 한 채 종
길을 향해 손을 뻗었다. 안 돼. 안 돼. 말도 안 돼. 석우가 다급히 다
른 감염자들이 덤벼들기 전에 성경을 15호차로 잡아당겼다. 석우
가 문을 닫자마자 픽, 픽, 감염자들이 부딪히는 물컹한 소리가 연
달아 퍼졌다.

열차 안은 조용했다. 아무도 말을 하지 않았다. 다들 바닥만 응
시하고 있을 뿐이었다. 그때 성경이 유리문으로 한 걸음 다가섰
다. 성경은 모든 것을 잃은 눈으로 유리문을 바라봤다. 유리 너머
로 감염자들 사이에 변이한 상화가 섞여 있는 게 보였다. 상화는
성경을 보더니 유리문에 매달려 그르르 이를 갈았다. 유리 한 장

을 두고 상화와 성경이 다시 마주할 수 있게 되었다. 그러나 상화는 이제 이전같이 따뜻하고 사랑이 담긴 눈빛을 하고 있지 않았다. 무엇을 욕망하는지도 알 수 없는 텅 빈 눈동자였다. 성경은 앞으로 손을 뻗었지만 더 어떻게 할 수는 없었다.

석우는 변한 상화의 모습을 보니 화가 치밀었다. 분노에 찬 석우의 눈은 15호차 사람들을 찬찬히 훑었다. 끔찍한 사람들. 그러나 정작 15호차 사람들의 모습은 유별날 것 하나 없이 지극히 평범했다. 오히려 15호차 승객들은 석우 일행과 멀찍이 떨어져 두려움과 얼떨떨함이 섞인 얼굴을 하고 있었다. 그 가운데 용석이 있었다. 용석의 얼굴을 보는 순간 석우는 이 비극의 주도자가 용석이라는 사실을 알아차렸다.

픽! 석우는 용석에게 달려들었다. 석우의 주먹이 용석의 턱에 정확하게 들어갔다. 용석의 몸이 휘청거리며 뒤로 넘어갔다. 분이 풀리지 않은 석우는 용석을 덮쳐 멱살을 쥐고 흔들었다.

"왜 그랬어! 왜! 전부 올 수 있었는데! 왜!"

용석이 숨이 막힌 듯 발버둥 쳤다.

"켁켁……. 놔, 이거 놔!"

용석은 재빨리 머리를 굴렸다. 잘못하면 모든 원망이 자신에게 쏟아질 수 있었다. 다른 승객들까지도 용석이 너무했다며 몰아붙일 수 있었다. 남 탓은 원래 하기 쉬운 법이었다. 용석은 사람들을 향해 소리쳤다.

"이 새끼 좀 빨리 떼 봐! 이 새끼 이거 감염됐어!"

"……뭐?"

석우가 황당하다는 듯 되물었다. 감염이라는 말에 승객들이 곧바로 반응했다. 두려움은 그들의 눈과 귀를 어둡게 했다. 감염자다, 감염자……. 곧 변할 거야……. 기철과 양복쟁이들이 석우를 둘러쌌다. 하지만 누구도 석우의 몸에 선뜻 손을 대지는 못했다. 기철과 양복쟁이들은 석우를 벌레 보듯 보고 있었다.

석우는 그 눈빛에 어이가 없었다. 천천히 주위를 둘러보다 용석을 붙잡고 있는 손에서 힘을 뺐다. 용석이 재빨리 빠져나오며 요란스럽게 기침을 해댔다.

"켁켁. 방금 봤어? 저 새끼 눈깔 봤냐고……. 이러다 변하는 거야. 이러다 결국 저 괴물 새끼들처럼 되는 거라고! 빨리 저쪽으로 보내버려!"

용석의 말에 사람들은 문에 촘촘히 매달린 감염자들을 보았다. 새벽까지만 해도 자신들처럼 멀쩡하게 기차를 탄 사람들이었다.

그러나 지금은 그 사실을 도저히 믿을 수 없을 정도로 살이 문드러진 괴물들이 됐다. 사람들은 저편에서 건너온 석우 일행을 보았다. 사람들의 눈에는 적개심이 가득했다. 왜 온 거야? 여기 왜 온 거야? 왜 와서 이런 사단을 만드는 거냐고! 사람들의 눈이 그렇게 말하고 있었다.

석우는 이 상황이 어이가 없었다. 어떻게 인간이 이렇게 잔인할 수 있단 말인가. 석우의 얼굴이 엉망으로 일그러졌다.

"당, 당신들……."

기철이 앞으로 나서며 말했다. 결국, 기철은 승무원으로서 모든 승객을 챙기는 것보다 몇몇 승객들이라도 확실히 안전한 것을 택하기로 했다. 기철도 두려웠다. 감염자들을 뚫고 무사히 여기까지 왔다고? 아니, 이 중 한 명은 어딘가 긁히거나 물렸을 것이다. 기철은 냉정하게 말했다.

"지금 저쪽에서 오신 분들은…… 아무래도 저희랑 함께 있을 수 없을 것 같습니다. 전부 저쪽 연결부로 이동해주세요……."

"……뭐라고요?"

석우 일행과 15호차의 나머지 승객들도 기철의 말에 처음에는 믿을 수 없다는 듯 서로를 보았다. 이내 한쪽 구석에서 동조의 소리가 새어 나왔다.

"빨리 가!"

"꺼져!"

"저 사람들 좀 빨리 내보내요!"

사람들 사이에서 점차 광기 서린 목소리가 퍼졌다. 첨에는 쭈뼛쭈뼛 던지던 말을 점점 확신에 차 강하게 내뱉으며 소리를 높였다. 석우와 석우 일행을 쏘아보는 눈도 점점 매서워졌다.

가라고! 저리 가! 꺼져!

사람들의 모습에 수안이 몸을 덜덜 떨었다. 수안은 어쩐지 아까보다 더 두려운 마음이 들었다. 사람들이 서로를 구분하고 나누는 게 이해되지 않았다. 마치 자신이 더러운 벌레가 된 것 같았다.

가장 먼저 노숙자가 걸음을 뗐다. 노숙자는 이런 취급은 낯설지 않았다. 저리 가! 더러워! 꺼져! 사람들한테 늘 들어온 말이었다. 한때 노숙자도 집이 있고, 직장도 있고, 가족도 있었다. 어느새 모든 것을 잃어버린 노숙자는 사람들이 던지는 멸시를 매일매일 받아 왔다. 어쩌다 노숙자 신세가 됐더라? 술이 문제였던 것 같다. 술 때문에 아내와 자식들과 지긋지긋하게 싸운 게 떠올랐다.

술 좀 먹으면 어떠냐고 화도 냈고, 다시는 마시지 않겠다고 빌기도 했다. 그러나 결국 모든 걸 잃어버리고 거리에서 몇 년을 보냈다. 사람들에게 꺼려지는 존재가 되는 일은 익숙했다. 하지만 이번만큼은 어쩐지 노숙자도 슬펐다. 자신을 쳐다보는 사람들의 시선이 칼날같이 매서웠다.

영국은 어이가 없다는 듯이 실소를 터뜨렸다. 이것들이 인간인가. 어떻게 이런 일이 있단 말인가. 어른들의 위선적인 태도에 영국은 구역질이 날 것 같았다. 결국, 영국도 노숙자의 뒤를 따랐다. 기를 쓰면서 억지로 이 사람들과 함께하고 싶지 않았다.

걸음을 옮기는 영국을 진희가 붙잡았다. 영국이 진희에게 말했다.

"넌 여기 있어. 여기가 안전할 거야."

진희가 고개를 저으며 울먹거렸다.

"싫어……. 여기가 더 무서워……."

진희는 영국보다 더 먼저 사람들이 이기적으로 변하는 모습을

보았다. 사람들은 진희가 자신과 생각이 다르다는 이유로 움직일 수 없게 붙잡고 말할 수 없게 입을 막았다. 이런 곳이 안전한 곳이라 해도 싫었다. 진희도 영국의 뒤를 따랐다. 그 모습을 보던 석우가 성경을 보았다. 성경도 석우를 보고 있었다. 성경이 석우를 향해 고개를 끄덕였다. 석우가 수안에게 손을 내밀었다. 수안에게 끔찍한 모습을 보여준 게 미안했다.

"가자, 수안아."

수안이 석우를 보자 석우가 애써 미소를 지으며 고개를 끄덕였다. 수안이 성경의 손을 잡고 연결부를 향해 걸었다.

석우는 연결부로 들어서기 전에 용석을 돌아보았다. 용석은 냉정한 얼굴로 석우를 노려보고 있었다. 다른 사람들도 마찬가지였다. 석우는 무거운 발걸음을 옮겼다. 석우는 15호차 사람들을 노려볼 힘조차 없었다.

석우와 사람들이 들어가고 철컥, 연결부 문이 닫히자 객실에 남은 사람들은 인상을 폈다. 사람들은 죄책감과 안도감이 뒤섞인 기묘한 표정을 지었다. 우리 선택이 옳다. 선량한 선택은 아니었지만, 옳은 선택이었다. 생존을 위해 어쩔 수 없는 선택이었다. 말은 하지 않았지만 모두 그런 생각을 공유하고 있었다. 15호차 사람들은 안도의 한숨을 내쉬었지만, 사실 좀처럼 마음이 편해지지 않았다. 어쩐지 더욱 두려운 마음이 들었다.

문이 닫히자 석우와 수안, 성경과 노숙자, 영국과 진희는 졸지에 연결부에 격리된 신세가 됐다. 사람들 사이에 무거운 침묵이 이어졌다. 처음 15호차를 향해 출발했을 때는 결과가 이렇게 될 줄 몰랐다. 이럴 줄 알았다면, 15호차가 아니라 다른 목적지를 찾았을 것이다. 아니, 차라리 화장실에 숨어 있는 게 나았다. 애써 이곳까지 온 것이 허무하게 느껴졌다. 사람들이 자신들을 바라보던 눈빛이 생각났다.

수안은 방금 전까지 있던 15호차 쪽을 바라보았다. 그새 소화 분말을 뿌렸는지 허연 가루 때문에 15호차 안이 잘 보이지 않았다. 문 앞에서 사람들의 실루엣만 분주하게 움직이고 있었다.

15호차 사람들은 언제 다시 석우 일행이 마음을 바꿔 자신들을 공격할지 걱정이 되었다. 이를 갈고 있을 것이다. 문을 닫아 동료를 잃게 했고, 거기다 쫓아내기까지 했으니 말이다. 문을 열 수 없는 감염자보다 원한을 품은 석우 일행이 더 두렵게 느껴졌다. 사람들은 다시 옷과 넥타이 등을 끌어모아 문손잡이를 묶기 시작했다.

"옷 좀 더 가지고 와!"

양복쟁이들은 도저히 풀 수 없게 천을 문고리에 칭칭 감았다. 옷과 옷을 연결해 만든 줄을 팽팽하게 당겨 선반대에 묶었다. 어떻게 해서도 문을 열 수 없을 것이다. 용석은 어느새 대장처럼 사람들에게 이것저것을 지시하고 있었다. 나머지 승객들은 객실의 중간 부분에 앉아 멍하니 그 모습을 바라보고 있었다.

종길만이 아까 난리가 벌어졌던 14호차와 15호차의 연결부 근처에 앉아 허공을 보며 혼자 중얼댔다. 자신의 눈앞에서 험한 꼴을 당하던 인길의 모습이 떠올랐다. 언니가 방금까지 살아 있었다. 살아서 자신을 찾아 여기까지 왔다.

"……등신같이 꼴좋다. 저 살 궁리는 안 하고 허구한 날 다 퍼주기만 하더니……. 또 그랬어, 또. 그러게 왜 그렇게 힘들게 살았어……. 이렇게 갈 거면서……. 왜 그렇게 등신같이……."

종길의 눈에 바닥에 짓이겨진 삶은 달걀이 보였다. 누군가 이 사단에 놓쳐버린 모양이었다. 종길은 슬픔이 제 명치를 쳐올리는 듯했다. 입을 벌린 채 꺽꺽 소리도 없이 울었다. 불과 몇 시간 전에 인길이 종길에게 달걀을 까주었다. 종길을 먹인다고 새벽부터 부지런을 떨었을 것이다. 종길이 아는 언니는 그런 사람이었다.

종길은 천천히 고개를 들어 유리문을 보았다. 감염자들 틈에서 유리문 너머로 이쪽을 바라보고 있는 인길이 보였다. 괴물처럼 변해버려야 하는데 인길은 크게 달라지지도 않았다. 검은자위만 멀쩡했다면 아직 감염되지 않았다고 착각할 정도였다. 둔치, 저렇게 돼서도 조금도 달라지는 게 없네. 인길은 감염자들 틈에서도 이리저리 치였다.

종길의 눈앞에 인길의 삶이 지나갔다. 어릴 적부터 인길은 종길의 손을 잡고 구걸을 다녔다. 그렇게 동냥을 받아 좋은 건 종길에게 입히고 먹였다. 고아원에서도 자신의 몫을 종길에게 몰래 주었다. 종길은 어릴 때부터 그게 너무 당연해 사양 한 번 한 적이 없었다. 언니도 배가 고팠을 텐데, 언니도 좋은 것들이 갖고 싶었을 텐데……. 종길은 저를 보며 미소를 짓던 어린 인길을 떠올렸다.

종길이 시집가던 날, 인길은 펑펑 울었다. 종길이 첫아이를 낳았을 때, 아이도 낳아본 적 없는 인길이 미역을 싸 들고 와 몸조리를 도왔다. 종길이 김장이나 장을 담그려고 하면 인길이 팔을 걷어붙였다. 인길은 엄마의 빈자리를 억척스럽게 채워주었다. 이제와 돌아보니 인길의 삶에는 인길이 없었다. 인길은 오로지 한평생 동생 종길을 위해 고생했다.

'부질없지. 왜 이제야 이런 생각이 드나.'

감염이 되어서도 아귀처럼 날뛰는 것들에게 치여 힘없이 비틀거리는 인길의 모습을 보니 종길은 마음이 무너지듯 아팠다. 왜 끝까지 그러고 있어……. 응? 종길은 애써 눈물을 참으며 앞을 보았다. 살 수 있었는데……. 여기로 올 수 있었는데……. 그럼, 남은 날 동안 지금까지 언니한테 받은 걸 모두 돌려줬을 텐데……. 아니, 몇 배로 더 좋게 대접했을 텐데……. 종길은 조금 전에 자신이 더 적극적으로 나서지 못한 게 원망스러웠다.

'언니랑 절대 헤어지면 안 된다. 꼭 옆에 붙어 있어.'

인길이 자주 하던 말이었다. 그때마다 어린 종길은 열심히 고개를 끄덕이며 인길의 손을 꽉 잡았다.

'언니 옆에 꼭 붙어 있을게.'

종길은 고개를 돌렸다. 반대편 문을 묶느라 정신없는 사람들과 자리에 앉아 그 모습을 바라보고 있는 사람들이 보였다. 사람들을 쫓아내더니 이제는 들어오지도 못하게 막는 꼴이었다.

종길은 그 모습을 바라보며 한 마디 내뱉었다.

"……놀고들 있네."

양복쟁이들이 석우 일행이 건너간 문을 묶느라 정신이 없을 때였다. 용석은 어느 정도 정리가 된 걸 확인하고 지친 목소리로 반대쪽 문을 가리켰다.

"아, 서둘러. 빨리 묶고 저쪽도 묶어야지……."

용석은 반대편 문 쪽을 가리키다 종길을 보았다. 종길이 천천히 유리문으로 다가가고 있었다. 그 모습을 보는데 용석은 소름이 끼쳤다. 이상한 예감에 용석은 좀 더 유심히 종길을 바라보았다. 종

길은 유리문 앞에 바싹 붙어 서서 유리 너머 인길을 가만히 바라
보았다.

"……고생 참 많았다, 언니. 나도 언니 따라갈게."

용석의 촉이 섰다. 놀란 용석이 다급하게 달려가며 소리쳤다.

"씨발, 저 노인네 막아!"

늦었다. 이미 종길은 문손잡이를 잡고 돌렸다. 철컥 소리를 내
며 잠금장치가 풀리기가 무섭게 무게에 밀려 감염자들이 15호차
안으로 쏟아졌다.

석우가 16호차 문 앞에서 건너편에 감염자가 없는지 확인하고
있었다. 감염자가 없다면 그리로 넘어갈 생각이었다.

"으아아악!"

"살려줘! 살려줘요!"

"문 열어!"

갑자기 15호차 쪽에서 비명 소리가 들려왔다. 쾅, 쾅, 쾅, 쾅! 누
군가 미친 듯이 문을 두드렸다. 사람들이 지르는 비명에 크르릉
대는 괴성들도 뒤섞여 있었다. 저마다의 생각에 잠겨 침묵을 지키
고 있던 사람들이 놀라 일제히 15호차 쪽을 바라봤다.

"뭐, 뭐지?"

영국이 진희를 제 뒤로 숨기며 중얼거렸다. 사람들 모두 15호
차를 들여다봤지만, 소화 분말 때문에 안에서 어떤 일이 벌어지고

있는지 알 수 없었다.

쿵! 순간 누군가 유리문에 와서 퍽 부딪혔다. 희미하게 빨간 모자가 보였다. 빨간 모자는 유리문을 긁어댔다. 놀란 성경과 수안이 뒷걸음질을 쳤다.

"살려줘! 살려줘!"

"제발 문 좀 열어줘! 잘못했어!"

누군가 안쪽에서 허우적대듯 소화 분말을 문질러댔다. 양복쟁이였다. 사람들은 다급하게 문을 두드리며 소리쳤다. 자기들이 꽁꽁 묶어 놓은 옷 때문에 정작 열고 싶어도 열 수 없는 상황이었다. 양복쟁이가 그제야 매듭을 풀어보려고 버둥댔다. 매듭을 푸는 것보다 변이한 상화가 덮치는 게 더 먼저였다. 양복쟁이는 쓰러지듯 주저앉았다.

석우가 문으로 달려들어 열어보려고 했지만, 문은 꿈쩍도 하지

않았다. 석우가 고개를 유리에 바짝 붙여 안을 살피려고 했다. 선명하게 보이지 않았지만 안에서 무슨 일이 일어났는지는 알 수 있었다.

"감염자가……."

15호차 안은 그야말로 지옥이 돼 있었다. 잔뜩 쌓여 있던 감염자들은 남아 있는 사람들에게 달려들어 사정없이 물어뜯었다. 돌변한 상화의 모습도 보였다. 상화는 한 아줌마의 어깨를 사정없이 물고 있었다. 석우는 차마 그 모습을 똑바로 볼 수 없어 다른 곳으로 시선을 돌렸다. 통로에는 석우와 사람들이 넘어오지 못하게 하려고 묶은 줄이 있었다. 줄은 끊어질 듯 팽팽하게 당겨져 있었다. 자신들을 지키려고 맨 줄이 오히려 사람들을 죽이는 덫이 됐다.

연결부에 있는 사람들은 숨소리조차 내지 못하고 끔찍한 소리를 듣고 있었다. 놀란 수안을 성경이 감싸 안았다.

"괜찮아, 괜찮아, 수안아……."

성경은 수안이 소리를 듣지 못하도록 귀를 막아주었다. 수안은 성경의 품에서 눈을 꼭 감으며 제발 이 순간이 빨리 지나가기를 빌었다.

휘익! 열차가 다시 터널 속으로 들어갔다. 어둠이 객실 안을 잠식하자 잠시 고요가 찾아왔다. 충격적인 장면을 맞닥뜨린 연결부 사람들은 모두 고개를 숙였다. 아까 그토록 미워하고 원망했던 사람들이지만 이런 상황이 일어난 게 좋지 않았다. 오히려 이상하게 마음이 아팠고 또 외로워졌다. 열차에는 생존자가 점점 줄어들고 있었다. 이렇게 되지 않을 수 있었는데. 모두 다 살 수 있었는데. 어디서부터 잘못된 걸까.

열차는 금방 터널을 빠져나왔다. 열차의 바퀴와 선로가 부딪히며 날카로운 비명을 질러댔다.

눈부신 빛이 터널을 빠져나온 열차를 포근하게 감쌌다. 열차 양옆으로 푸른빛이 가득한 산등선이 펼쳐졌다. 어딘가에서 청명한 새소리가 들리는 것도 같았다. 유난히 볕이 반짝이는 날씨였다. 수안은 잠시 창밖의 아름다운 풍경에 정신이 쏠렸다.

엄마는 무사할까? 수안은 끝없이 펼쳐진 논두렁에서 눈을 돌려 아빠를 힐끔 보았다. 한쪽 구석에 앉아 생각에 빠져 있는 석우는 매우 지쳐 보였다.


열차가 산을 벗어나 칠곡 시내에 이르렀다. 무슨 일이 있었는지 시내 곳곳에서 연기가 솟아올랐다. 운전실에 있던 기장 역시 불안한 얼굴로 창밖을 보았다. 기장이 수화기를 들고 관제실과 연결을 시도했다.

"관제실. 101 열차 현재 부산 방면 순항 중. 부산역 상황 확인 바랍니다, 이상."

'치익……. 칙……. 치익…….'

"관제실? 관제실 나오세요!"

'치익……. 칙……. 치익…….'

스피커에서는 잡음만 새어 나왔다. 기장은 속이 탔다. 역무원인 기철과도 무전이 되지 않은 지 한참이었다.

"도대체 무슨 일이 일어나고 있는 거야!"

기장은 자신이 무엇을 해야 하는지 가만히 생각했다. 얼마나 타고 있을지 모르는 이 열차를 끌고 어디까지 가야 하는 걸까? 부산은 과연 안전할까? 안전하지 않다면? 안전하지 않다고 멈출 것인가? 기장은 목적지가 없는 운전은 해본 적이 없었다. 자신에게는 늘 시간표와 목적지가 마련돼 있었다. 기장은 늘 만져온 운전석을 내려다보았다. 이제는 자신이 목적지와 시간을 정해야 했다. 목적지는 부산, 시간은 가능한 한 빨리. 있을지 모르는 생존자와 이미 흉측하게 변한 감염자를 태운 열차를 무사히 부산으로 몰고 가야 했다. 그런데 열차에 사람들이 얼마나 살아남았을까? 한 명이라도 살아남기는 했을까? 혹시 아무도 없는 빈 열차를 몰고 있는 게 아닐까? 기장은 아무런 정보도 없는 채로 적막한 철로를 홀로 달리고 있었다. 운전석이 고독한 자리라고 생각해왔지만, 오늘만큼 지독하게 외로운 적은 없었다.

석우도 창밖으로 도시의 황망한 풍경을 보고 있었다. 불탄 건물들과 쓰러진 나무들, 뒤집힌 차……. 나무 아래 허망하게 앉아 있는 사람들의 모습도 보였다. 생존자인지 감염자인지, 아니면 아예

죽은 사람인지 알 수 없었다.

출구 쪽 바닥에 영국과 진희가 나란히 앉았다. 진희는 영국의 어깨에 머리를 기댔다. 영국이 반응이 없자 진희가 애써 장난치듯 속삭였다.

"웬일이야, 너가 암말도 안 하고."

"그냥 더 기대 있어. 피곤할 텐데."

"어쭈, 이젠 제법 남자 같은데? 이젠 내가 안 지켜줘도 되겠어?"

"그래, 이젠 내가 너 지켜줄게."

영국의 말에 진희의 얼굴이 붉어졌다. 영국은 한 번도 본 적이 없는 진희의 모습에 쿡 웃으며 놀리듯 말했다.

"야, 이진희. 그 표정 뭐야. 완전 처음 보는 표정인데?"

진희의 얼굴이 더 빨개졌다.

"뭐래는 거야. 내 표정이 어때서!"

"그래, 예쁘다고."

진희는 부끄러운지 고개를 푹 숙였다. 여태껏 영국이 한 번도 본 적이 없는 모습이었다.

"진희야, 내가 지켜줄게. 정말이야."

영국과 진희가 서로를 가만히 쳐다봤다. 이제는 쑥스럽다고 툴툴거리고 마음에 없는 말을 하는 것도 사치였다. 영국은 그동안 솔직하지 못했던 만큼 지금이라도 진희에게 제 진심을 고스란히 전해주고 싶었다. 이 험한 곳에 진희를 혼자 두지 않겠다. 반드시 살아남아서 부산으로 함께 가겠다.

　노숙자는 통로에 앉아 있었다. 이제는 말할 기운도 남아 있지 않았다. 오늘 아침부터 지금까지……. 하루가 너무나 험난하고 길었다. 노숙자는 악몽이라도 꾸고 있는 기분이었다. 그 끔찍한 곳에서 몇 번이고 살아서 지금까지 온 자신이 믿기지 않았다. 노숙자는 슬쩍 다른 사람들을 살펴보았다. 자신을 데리고 여기까지 와준 사람들이었다. 길에서 지내면서 이런 호의를 받아본 적 있었나?

　노숙자는 몇 년 전에 헤어진 가족을 떠올렸다. 고등학생이었던 아들은 대학에 갔을 것이다. 초등학생이었던 딸은 이제 고등학생일까? 내 나이는 몇 살이지? 우리가 얼마나 헤어져 있었지? 온종일 술을 물처럼 마시던 날들이었다. 아내는 물론이고 아들과 딸마저도 자신이라면 질색을 했다. 제정신으로 온전하게 말한 적이 없었지. 거리에는 노숙자처럼 술을 끊지 못해 거리로 흘러나온 사람들이 많았다. 노숙자는 그 틈에서 먹고 잤다. 세상에 아무런 미련이 없었다. 그저 지금 당장 소주 한 방울이면 됐다. 배가 고파도 술을 마셨고, 잠이 안 와도 술을 마셨다.

　내가 몇 살인지 마누라는 알겠지. 이 난리에 살아 있을까? 억척스러운 여자니까. 아들도 딸도 모두 챙겨서 안전한 곳에 있을 것이다. 그래, 그랬으면 좋겠네. 노숙자는 그제야 자신이 왜 이렇게 아득바득 살아남았는지 이해가 됐다. 가족들이 보고 싶었다. 날카로운 아내의 잔소리도 경멸하는 듯한 아들딸의 시선도 그리웠다.

여기서 살아남으면 이제는 정말 술도 끊고 달라질 수 있을 것만 같았다.

성경은 바깥 풍경도 눈에 잘 들어오지 않았다. 변이한 상화가 저편 어딘가에서 헤매고 있을 걸 생각하니 마음이 아팠다. 성경은 간이 의자에 앉아 배를 감싸고 나지막이 말했다.

"서연아……. 네 이름은 서연이야."

속삭이는 성경의 목소리에 힘이 없었다. 아기가 자신의 이름이 마음에 드는 듯 가볍게 움직였다. 상화가 같이 있었더라면 함께 서연의 이름을 불렀을 텐데……. 성경은 상화 생각에 마음이 아렸다.

그런 성경 곁에 수안이 다가왔다.

"아줌마."

성경은 수안을 쳐다보며 애써 웃어보였다. 많이 놀랐을 수안의 머리를 쓰다듬었다. 수안이 가만히 성경의 배에 손을 얹었다.

"아줌마, 제가 서연이 함께 지켜 줄게요."

따뜻한 말이었다. 성경은 수안의 손을 꼭 잡아주었다.

"고마워. 잘 부탁해."

성경은 수안의 따뜻한 마음에 애써 힘을 냈다. 우리 서연이 수안처럼 따뜻한 아이로 자라날 수 있기를……. 상화도 그것을 바랄 것이다. 서연이 밝고 건강하고 따뜻한 사람이 될 수 있게 힘을 내야 했다. 어떻게든 살아남아야 했다. 성경은 속으로 간절히 기도했다.

　　수안은 석우 쪽으로 다가갔다. 어떻게 해야 할지 모르겠지만 지친 석우의 곁에 있고 싶었다. 수안은 석우 근처에 있는 간이 의자에 앉았다. 석우는 자신의 곁을 맴돌고 있는 수안을 보자 안쓰러웠다. 이번에는 석우가 수안 곁으로 더 가까이 다가갔다. 바닥에 앉은 석우가 수안을 올려다보며 위로하듯 말했다.

　　"오늘…… 우리 수안이 생일인데……."

　　"……."

　　"……걱정하지 마. 아빠가 꼭 엄마한테 데려다줄게."

　　수안이 석우를 보며 다른 소리를 했다.

　　"……아빠는 안 무서워요?"

그 말에 석우의 눈빛이 살짝 흔들렸다. 석우는 곧 애써 웃으며 말했다.

"무서워……. 아빠도 무서워."

"아깐 너무 무서웠어요……. 아빨, 다시 못 보게 될 거 같아서……."

수안의 말에 석우는 마음이 떨렸다. 수안이 무서운 것은 저 괴물 같은 감염자들이 아니었다. 감염자들한테 물리는 게 아니었다. 자신을 볼 수 없는 것……. 수안은 그것이 가장 무서웠다고 말하고 있었다.

"아빠, 계속 같이 있어 줄 거죠?"

수안의 말에 석우는 가슴이 아릿했다. 수안이 자신을 미워하는 게 아니라는 사실에 눈물이 날 것 같았다. 또 그 마음이 고마웠다. 수안은 계속 말을 이었다.

"어제 노래도 아빠한테 들려주고 싶어서 연습한 거예요. 그래서 못 불렀어요. 아빠가 안 보여서……."

석우는 그제야 캠코더로 본 수안의 눈빛을 이해할 수 있었다. 수안은 석우를 기다리고 있었다. 석우가 가겠다고 약속했으니까. 그 말을 믿었으니까. 어딘가에 있을 것 같은 석우를 찾으려고, 조금 늦는 석우를 기다리려고 수안은 그렇게 가만히 서 있었다.

자신을 위해 노래를 연습했다는 딸이었다. 그런데 아버지라는 사람은 그런 딸의 노래를 들으러 가지 않았다. 애초에 들을 생각도 없었다. 그런 주제에 아이의 마음도 모르고 아침에는 뭐든지 끝까지 하는 것이 중요하다고 면박을 주기까지 했다. 석우는 새삼 지난 시간들이 후회스러웠다. 뭐가 그렇게 바쁘고 중요한 일이 있다고……. 주식표나 계획표는 중요한 것 축에도 들지 않았다. 아이의 노랫소리, 그 노래를 듣고 박수를 쳐주는 시간, 행복한 웃음소리……. 석우는 세상에서 정말 중요한 것을 그제야 깨달았다.

무사히 돌아간다면, 다시 그런 일상이 허락된다면, 이번에는 수안의 꼭 노래를 들으리라. 그 노래를 따라 흥얼거리고, 노래가 끝나면 박수를 쳐야지. 이 기차에서 무사히 내려서, 그런 날이 와주기만 한다면……. 석우는 마음이 찡해져 일어서 수안을 꼭 끌어안았다.

"수안아……."

"네?"

"부산에 도착하면, 아빠한테 그 노래 꼭 들려줄래?"

수안이 고개를 끄덕였다. 석우가 웃으며 수안을 더욱더 세게 끌어안았다. 콩닥콩닥, 수안의 작은 심장박동이 느껴졌다.


화장실에 들어간 석우는 핸드폰을 꺼내 나영에게 전화를 걸었다.

'전화기가 꺼져 있어…….'

나영의 목소리 대신 무미건조한 기계 안내음만 흘러나왔다. 전화를 끊었다가 다시 걸어보았지만 마찬가지였다.

'전화기가 꺼져 있어…….'

무슨 일이 생긴 걸까……. 부산도 혹시? 불길한 예감이 석우를 휘감았다.

그때 진동이 울렸다. 석우가 빠르게 핸드폰을 확인했다. 김 대리였다. 기다리던 이름이 아니라 석우는 허탈해졌다. 석우는 천천히 전화를 받았다.

"김 대리…… 괜찮아?"

'부산에는 도착하셨어요?'

석우의 생각과 달리 김 대리의 목소리는 차분했다.

"아직……. 김 대리 너는 어디야? 거긴 괜찮아?"

김 대리는 대답 대신 다른 얘기를 했다. 김 대리의 목소리는 차분한 게 아니었다. 힘이 하나도 없는 것이었다. 아니, 더 정확하게

말하면 넋이 나간 듯 들렸다.

'부산은 초기 방어에 성공했대요……'

듣던 중 반가운 소리였다.

"확실해? 어디서 들은 정보야? 응?

'팀장님…… 이거 다 유진바이오에서 시작한 거래요. 진양에 있
는 유진바이오……. 큭큭큭.'

김 대리는 웃음인지 울음인지 분간이 가지 않는 소리를 내뱉었
다. 김 대리에게서 나온 '진양'이라는 이름에 석우의 얼굴이 대번
에 창백해졌다.

퍼뜩 그동안 진양에서 벌어졌던 사고 기사들이 생각났다. '변형
된 동물 발견……', '물고기 집단 떼죽음……', '변이된 식물이 자
라……'. 진양에 관한 흉흉한 소문은 벌써 오래전부터 계속됐다.

석우는 그것을 대수롭지 않게 생각했다. 그냥 기업의 이미지를 깎아 내리려고 누군가 퍼뜨린 헛소문이라고 여겼다. 그럼, 우리도 그렇게 나가줘야지. 석우는 기자를 돈으로 매수해 기사를 막기도 했고, 전문가들을 불러 이상이 없다는 발표를 하게도 했다. 또한, 유진바이오가 계속 운영될 수 있도록 자금 길을 알아봐 줬다.

그런데 진양에서 이 모든 일이……. 설마 그 진양에서? 자연스럽게 그럴 리 없다고, 오해일 거라고, 부정하려던 석우를 다 알고 있다는 듯 김 대리가 말을 이었다. 김 대리는 울고 있었다.

'우리가 작전 걸어서 억지로 살려낸 그 유진바이오 말이에요! 흐윽, 우리가 살려낸 그 진양이라고요…….'

"김 대리, 지금 어디야?"

'팀장님……. 이 난리가 난 거랑 우리랑 상관없는 거죠? 네? 네? 이거 제 책임 아닌 거죠? 네?'

"김 대리, 김 대리 잘못 아니야…….'

그저 내 지시를 따랐을 뿐이잖아. 석우는 그 말은 미처 뱉지 못했다. 그럼, 내 잘못인가? 아니, 나도 몰랐어! 나도 몰랐다고. 석우는 착잡했다. 이 끔찍한 사태가 벌어진 것에 나도 책임이 있다고? 책임이 전혀 없다고 할 수 있을까? 석우는 다시 변명하듯 생각했다. 정말 몰랐다. 이런 일이 일어날 줄 누가 알았겠어! 석우는 처음 진양에서 이상한 일이 발생했을 때 제대로 알아보지 않은 게 후회됐다. 그때 멈췄다면 이런 끔찍한 일이 일어나지 않았을까? 석우는 둔기로 머리를 맞은 것처럼 멍했다.

'흑흑흑…… 고마워요.'

"……김 대리!"

전화가 끊겼다. 마음 약한 김 대리가 무슨 일을 벌이지는 않을지 걱정이 되었다. 하지만 석우는 전화를 다시 걸 엄두가 나지 않았다. 방금 받은 충격으로 석우도 몸을 가누기 힘들었다. 석우는 세면대의 물을 틀어 손을 씻었다. 손은 누구의 것인지 알 수 없는 피로 엉망이었다. 힘을 주어 벅벅 닦아도 피는 쉽게 씻기지 않았다. 석우는 세면대에 두 손을 짚고 서서 정신을 차리려고 애썼다.

끼이익!

갑자기 굉음이 울리며 석우의 몸이 한쪽으로 쏠렸다. 석우는 가까스로 세면대를 부여잡았다. 놀란 석우가 급하게 화장실 밖으로 나갔다.

이미 영국과 진희, 노숙자와 성경, 수안이 무슨 일인가 싶어 창밖을 내다보느라 정신이 없었다. 석우도 수안의 곁으로 달려갔다.

앞을 바라보던 기장은 당황스럽다는 표정 감추지 못했다. 선로가 합류하는 지점에 화물 열차가 엎어진 게 보였다. 기장은 급히 비상 정지 버튼을 눌렀다. 그러나 화물 열차의 측면이 자신이 몰고 있는 열차를 향해 빠르게 다가왔다. 멈추기에는 아슬아슬한 거리였다. 이제는 운명에 맡기는 수밖에 없었다. 기장은 눈을 질끈 감았다. 제발, 제발, 멈춰!

끼이익!

요란한 소리를 내며 KTX 열차는 화물 열차 바로 옆에서 가까스로 멈추었다. 조금만 더 갔더라면 영락없이 충돌해 열차가 탈선했을 것이다.

열차가 멈춰선 곳은 동대구역이었다. 하행선 선로 일곱 개가 최종적으로 합류하는 지점이었다. 그곳에 화물 열차와 새마을호 열차가 엉킨 채 부딪혀 있었다. 양옆으로 무궁화호 두 대도 멈춰 서 있었다. 좌측의 무궁화호는 새마을호 옆구리에 머리를 박고 있었다. 어찌 된 일인지 뻔했다. 기차들이 서로 먼저 가려다 엉킨 듯했다.

기장은 눈앞이 깜깜해졌다. 이제 더 갈 수 있는 길도 없다. 길은 이대로 끝나 버렸다. 어떻게 해야 하는가, 우리는? 이 열차는? 그리고 나는?

'사람은 자신의 책임을 다해야 한다.'

기장이 어릴 때부터 아버지한테서 듣고 자란 말이었다. 또 자신이 아이들에게 늘 해온 말이었다.

'나 하나 잘 되겠다고 욕심을 부리면 다 같이 죽는 거나 다름없다. 자신이 맡은 책임을 다할 때 어느 곳이나 안정적으로 흘러갈 수 있다.'

기장은 존경하는 아버지의 목소리가 귓가에 어른거리는 걸 느겼다. 잠시 멍하니 있던 기장은 스피커로 자기 목소리가 퍼져 나갈 수 있게 마이크 버튼을 눌렀다. 기장은 애써 침착하게 목소리를 가다듬었다.

"승객 여러분께 알려 드립니다……. 우리 열차는 현재 전방 선로가 차단된 관계로 더는 운행을 할 수 없게 되었습니다……."

석우도 스피커를 통해 기장의 목소리를 들었다.

'제가 차량 기지로 가서 운행 가능한 열차를 좌측 선로 위에 올려놓겠습니다. 좌측 선로입니다. 다시 한 번 말씀드립니다. 좌측 선로입니다. 부디 생존자는 안전하게 이동해주시기 바랍니다……. 행운을 빕니다.'

기장의 방송이 끝나자 석우와 사람들은 불안한 표정으로 서로의 얼굴을 살폈다. 어떻게 해야 할지 누구도 선뜻 나서지 못했다. 석우도 마음이 무거웠다. 이 사람들을 이끌 사람은 자신밖에 없었다.

석우는 잠시 생각하더니 창밖을 내다보았다. 창밖으로 연기가 피어오르는 하늘과 멈춰선 기차들이 보였다. 열차들로 사방이 꽉 막혀 자칫 잘못하면 고립될 것 같았다. 그래도 방법이 없었다. 일단 나가는 수밖에……

성경이 석우 옆에 다가섰다.

"잠깐만요, 지금 이렇게 가는 게 맞을까요?"

플랫폼 끝에서 감염자들이 서성대는 게 보였다. 석우는 감염자들이 움직이는 걸 보다 성경에게로 눈을 돌리며 말했다.

"부산은 안전할 거라는 얘기를 들었어요. 가려면, 지금 가야 해요."

사람들도 결심한 듯 고개를 끄덕였다. 석우가 가장 먼저 앞섰다. 그는 15호차와 16호차 연결부의 좌측 승하차문을 열고 조심스럽게 나왔다. 석우가 움직일 때마다 자갈이 밟히는 소리가 났다. 석우가 먼저 주위를 살폈다. 감염자들은 멀리 떨어져 있었다. 석우가 열차 안을 향해 손짓했다. 수안, 성경, 진희, 영국, 노숙자가 차례대로 내렸다. 석우가 수안을 안고 뛰기 시작했다. 사람들도 열차 앞쪽을 향해 석우를 따라 달렸다.


기장은 운전실 문을 열고 천천히 고개를 내밀었다. 저편에서 감염자들 몇이 보였다. 다른 생존자들의 모습은 보이지 않았다. 기장은 심호흡을 한 번 하고는 열차에서 뛰어내렸다. 일단 옆에 멈춰선 새마을호 연결부에 올랐다.

크으윽, 객실에서 기장을 발견하고 감염자들이 연결부로 달려왔다. 놀란 기장이 간신히 맞은편으로 내려 문을 닫았다. 어휴. 기장은 가슴을 쓸어내렸다. 다른 무궁화 열차를 살펴봐도 상황은 마찬가지였다. 열차 안 곳곳에는 감염자들이 득실댔다. 이곳에 안전한 열차는 없을 듯싶었다.

기장은 멀리 있는 차량 기지를 바라보았다. 저곳에 가면 안전한 열차가 있을 것이다. 사람들이 많이 모이지 않는 곳이니 감염자들이 없는 열차도 있을 듯했다. 기장은 더는 시간을 낭비하고 싶지 않아 차량 기지를 향해 곧장 달렸다.


14호차와 15호차의 연결부 화장실에서 용석과 기철도 방송을 들었다. 두 사람은 감염자들 틈에서 용케도 화장실로 숨을 수 있었다. 좁은 곳에서 겨우 버티던 둘은 지금 이 열차에서 나가야 한다는 사실도, 시간이 얼마 남지 않았다는 사실도 알고 있었다.

"그러니까 일단 이 기차에서 나가야 하는 거죠?"

기철이 속닥였다. 용석은 대답 대신 다른 이야기를 했다.

"나가면 기차가 있는 건 확실한 거야?"

"그럴 거예요. 기장님은 한 명의 승객이라도 태우려고 하시는 분이니까요."

그래? 그렇다면……. 용석은 화장실 문을 살짝 열어 밖을 살폈다. 감염자들은 14호차와 15호차에 몰려 있었다. 당장 가까운 곳에는 아무것도 없었다. 용석은 고개를 좀 더 빼 문 뒤편을 살폈다. 문 바로 뒤에 감염자 하나가 어슬렁대고 있었다. 순간 깜짝 놀랐지만 용석은 티를 내지 않았다. 감염자 하나만 잘 피하면 나갈 수 있을 것 같았다. 잘 피하면…….

기철이 겁에 질린 채 용석의 옷깃을 잡고 물었다. 기철은 너무 무서웠다. 이제 의지할 데는 용석뿐이었다.

"없어요?"

용석은 기철의 얼굴을 보면서 결심했다. 용석이 조용히 고개를 끄덕이며 말했다.

"먼저 가."

"네?"

"내가 뒤에서 막을 테니까 넌 재빨리 튀어나가."

용석의 말을 듣고 기철이 화장실 문 쪽으로 향했다. 기철이 조심스럽게 문을 열자 뒤에 서 있던 용석이 기철의 등을 발로 밀었다. 얼떨결에 밖으로 밀린 기철을 감염자가 덥석 잡아 물었다.

"으아아악!"

지금이었다. 감염자가 기철을 공격하는 틈을 놓치지 않고 용석은 밖으로 달아났다.


차량 기지까지 뛰어온 기장은 기지에 있는 열차들을 바라보았다. 수리 중인 기관차가 선로 다섯 개 위에 어지럽게 놓여 있었다.

가장 가까이에 있는 기관차 하나에 오르려다 기장은 멈추었다. 운전석에 갇힌 채 변이한 기관사가 보였다. 변이한 기관사는 문을 두드리며 기장을 향해 입을 벌려댔다. 이곳도 결코 안전한 곳이 아니었다. 기장은 다시 내려와 조금 조심스럽게 몸을 숨기며 열차들을 확인했다.

이번에는 무궁화호 기관차 한 대에 올랐다. 운전실이 비어 있었다. 기장은 재빨리 운전실에 올라타 문을 닫았다. 다행히 키까지 꽂혀 있었다. 누군가 잠깐 내린 틈에 당한 걸까? 어쨌든 키가 꽂혀 있어 다행이었다. 기장은 얼른 자리에 앉아 키를 돌렸다. 기관차의 시동이 걸렸다.

무궁화호 기관차는 달그락거리며 차량 기지를 빠져나왔다. 기장은 다른 객차까지 달고 갈 수 없어 운전실이 있는 기관차만이라도 가지고 가기로 했다. 열차는 잠깐 원형 철로 변경기 앞에서 멈추었다. 아까 그곳은 선로가 막혀 갈 수가 없었다. 새로운 선로를 만들어야 했다.

기장이 운전실에서 나왔다. 주변을 조심스럽게 살폈다. 선로를 바꾸는 사이 감염자가 나타나면 상황이 어려워졌다. 기장은 부랴부랴 달려가 철로 변경 레버를 당겼다. 레버가 쉽게 당겨지지 않았다. 기장은 땀이 맺힌 손을 유니폼에 닦고 주위를 다시 돌아보았다. 엎어진 기차 밑으로 감염자들의 다리 수십 개가 보였다. 기장은 마른 침을 삼키고 다시 레버를 잡아당겼다. 철컹. 레버가 내려가자 소리를 내며 철로 변경기가 돌아가기 시작했다.

"빨리……. 빨리."

시간이 없었다. 감염자들이 더 들이닥치기 전에, 생존자들이 한 명이라도 남아 있을 때 얼른 태워서 떠나야 했다. 기장은 새로운 선로가 연결된 것을 보고 다시 운전실로 올라갔다. 기관차는 철로 변경기를 빠져나가 처음 기장이 말한 대로 가장 끝 선로로 올라갔다.

그때였다. 부산 방향에서 빠르게 다가오는 불빛에 기장의 눈이 휘둥그레졌다.

"어? 저게 뭐야?"

기장은 실눈을 뜨며 그 불빛이 무엇인지 보려다 황급히 기관차를 세웠다. 불빛은 연기와 함께 무서운 속도로 가까워지고 있었다. 이글거리는 불빛이 향하고 있는 곳은 조금 전까지 기장이 운전하던 KTX 열차였다.


"일단 옆으로 빠져나갈 통로를 찾아야 돼."

석우가 말했다. 영국과 진희가 고개를 끄덕이고 다른 사람들보

다 더 앞쪽으로 뛰어가 열차들을 살피기 시작했다. 영국과 진희, 석우와 성경, 노숙자 모두 감염자가 없는 곳을 찾고 있었다. 그러나 오히려 문에 달린 창 안으로 석우의 일행을 본 감염자들이 위협스럽게 발광해댔다.

새마을호와 무궁화호 사이였다.

"영국아, 여기!"

진희가 감염자가 없는 무궁화호의 빈칸을 가리켰다. 이곳을 지나 다른 곳으로 넘어가면 됐다. 영국이 사람들을 향해 소리쳤다.

"아저씨! 여기요!"

영국이 소리치자 석우와 수안, 성경과 노숙자가 일제히 영국 쪽으로 고개를 돌렸다. 모두 영국이 가리키는 쪽으로 몸을 옮기려는 찰나였다.

쿠쿠쿵! 갑자기 어디선가 거대한 무엇이 마찰하는 소리가 들려왔다. 철로에 깔린 자갈이 드르르 소리를 내며 튀어 올랐다. 지진인가? 뭐지? 소리는 점점 더 가까워졌다. 기차가 다가오는 것 같기도 했다.

"아빠⋯⋯."

수안이 석우의 옷깃을 꼭 잡았다. 석우는 소리가 나는 곳을 찾는 듯 두리번대기 시작했다.

콰쾅!

불이 붙은 화염 열차였다. 열차는 마치 잔뜩 성이 난 짐승처럼 빠른 속도로 달려오고 있었다. 무엇도 그 열차를 멈출 수 없을 것 같았다.

"꺅!"

그 모습을 보고 성경과 진희가 소리를 질렀다. 화염 열차는 탈선된 열차들을 향해 곧장 돌진했다. 석우의 일행이 몸을 피할 시간도 없었다. 화염 열차는 석우 곁에 있던 새마을호 측면을 들이박으며 지나갔다. 끼이익! 화염 열차는 새마을호의 옆구리를 한참이나 긁고서야 선로를 뒹굴며 멈추었다. 타닥, 타닥. 열차에 붙은 불길은 열차가 멈춘 뒤에도 여전히 이글거렸다.


진희와 영국이 감았던 눈을 떴다.

새마을호 열차는 옆으로 엎어져 있었다. 다른 사람들은 보이지 않았다. 충돌 전에 사람들이 서 있었던 곳은 잔해에 뒤덮여 있을 뿐이었다. 그곳에서는 희미한 연기만 피어오르고 있었다. 옆으로 엎어진 새마을호 열차에서도 아무런 소리도 들리지 않았다. 열차 뒤로 보이는 여전히 쨍한 파란 하늘이 이질적이었다.

"어떡해……."

진희의 눈에 눈물이 그렁그렁 맺혔다. 영국도 참담한 표정을 지었다. 하지만 지금까지 숱하게 마주친 죽음이었다. 어쩔 수 없었다. 영국은 진희를 잡아끌었다.

"빨리 가자."

영국은 아까 발견한 무궁화호 연결부로 뛰어올랐다. 진희도 더 아무 말 않고 영국의 뒤를 따랐다. 반대편 문은 꽉 닫혀 열리지 않았다.

"잠깐만 기다려."

영국이 벽에 붙어 있는 비상 망치를 들어 창문을 깨기 시작했다. 문을 열고, 닫고, 부수는 게 이제는 익숙한 일이 됐다. 진희는

그런 영국의 옆에서 그 모습을 바라보고 있었다.

  이런 씨발! 용석은 자신을 쫓아오는 감염자를 피해 열심히 뛰
었다. 한참을 달리는 데 눈앞에 문이 열린 무궁화호가 보였다. 에
라이, 모르겠다. 용석은 열차 위로 정신없이 올라갔다. 용석의 눈
에는 이제 막 금이 가기 시작하는 창문, 그 창문을 깨고 있는 영국,
그 뒤에 서 있는 진희가 보였다. 용석은 문을 닫을 생각보다는 자
신이 살아야 한다는 생각이 먼저 들었다.

  "에잇!"

  갑작스러운 소리에 진희가 놀라 돌아보았다. 그 순간 용석이 진
희의 머리채를 잡고 뒤쫓아 오는 감염자에게 던져 버렸다.

  "까악!"

  놀란 진희가 비명을 내질렀다. 바로 눈앞에 감염자가 자신을 향
해 입을 벌리고 있었다.

  "진희야!"

  영국도 놀라 망치를 집어 던지고 진희에게 달려갔다. 진희는 몸
부림쳤지만 이미 감염자에게 어깨가 물렸다. 영국은 진희 위에 올
라탄 감염자를 떼어냈다. 사정없이 주먹을 휘둘러 감염자를 넘어
뜨린 영국의 뺨 위로 눈물이 흘렀다. 진희의 어깨에서 피가 흐르고
있었다. 찢어진 옷 사이로 살점이 뜯겨나가 하얀 뼈가 드러났다.
보는 것만으로도 진희가 감당하고 있을 고통이 고스란히 전해졌

다. 진희는 눈을 까뒤집으며 바들바들 떨었다. 진희는 천천히 영국을 향해 손을 뻗었다. 저리 가라는 것 같기도 했고, 곁에 와 달라는 것 같기도 했다. 영국은 진희를 감싸 안았다. 어릴 적 진희가 자신을 안아주었듯이…… 덩치 큰 녀석들한테서 지켜주었듯이…….

"미안해, 못 지켜줘서 미안해……."

영국은 진희를 안고 눈물을 뚝뚝 흘렸다. 여태까지 진희는 자신을 지켜줬는데, 자신은 진희를 지키지 못했다. 그 사실에 영국은 가슴이 찢어질 듯 고통스러웠다.

"아까 말할걸, 아까 말할걸. 나도 너 좋아해, 진희야."

지금까지 왜 한 번도 말하지 않았을까. 왜 그 마음을 들키고 싶지 않았을까. 영국은 후회가 밀려왔다. 한 번이라도 마음을 전했다면 이토록 후회스럽지는 않았을 텐데……. 영국은 통증에 고통스러운 듯 몸을 비트는 진희가 안쓰러워 견딜 수가 없었다.

"진희야……, 진희야……."

진희의 발작이 점점 잦아들었다. 곧 진희가 눈을 떴다. 눈은 완전히 회색으로 탈색이 된 상태였다. 영국은 진희의 눈을 가만히 바라봤다. 변이를 마친 진희를 보는 영국의 눈빛은 여전히 따뜻했다. 영국은 체념한 듯 옅은 미소를 짓고 있었다. 두 눈에서는 눈물이 뚝뚝 흘러 진희의 볼에 떨어졌다. 몸을 일으킨 진희는 크르릉 대며 단박에 영국의 목덜미로 달려들었다.

"진희야……."

영국은 뿌옇게 퇴색된 진희의 눈에 고인 눈물을 보았다. 영국은 두 사람이 어릴 때 함께 놀던 때를 떠올렸다.

'나 엄마! 너 아빠! 여보, 식사하세요.'

'네, 여보. 맛있게 먹을게요.'

진희가 작은 손으로 꽃잎을 빻아 김치를 만들고 모래알로 밥을 지었다. 그때 참 재밌었어. 그때는 참 솔직했어. 왜 갑자기 이때가 떠오를까. 영국은 이 상태로 영원히 깨지 않았으면 좋겠다고 생각했다. 의식이 점점 희미해졌다.


연기와 먼지가 흩날렸다. 그마저도 어둠에 잠겨 잘 보이지 않았다. 작은 틈 사이로 빛이 쏟아졌다. 그 빛에 먼지들이 모습을 드러내다 드러내지 않기를 반복했다. 매캐한 냄새가 코를 찔렀다. 석우는 충격 때문에 정신을 차리지 못하고 있었다. 석우의 의식이 서서히 흐려졌다.

"아빠!"

그때 다급한 수안의 목소리가 석우의 귓가에 울렸다. 석우가 간신히 눈을 떴다. 등과 다리가 욱신거렸다. 다행히 뼈가 부러진 것 같지는 않았다. 석우는 곧바로 수안을 찾았다. 수안 역시 쓰러져 있다 막 눈을 뜨고 주위를 둘러보고 있었다.

기울어서 넘어지던 새마을호 객차가 무궁화호에 걸쳐져 있었다. 새마을호 옆면이 하늘을 가렸고, 열차 잔해들이 사방을 가로막

고 있었다. 새마을호가 무궁화호에 걸쳐지며 생긴 틈새에 갇힌 석우 일행은 자신들이 어디에 있는지 깨닫기까지 오랜 시간이 걸리지 않았다. 넋을 놓고 있을 시간도 없었다. 쓰러진 새마을호의 열차 안에서 석우 일행을 보며 흥분한 감염자들이 보였다. 감염자들은 유리창을 두드리며 발광을 하기 시작했다.

끼긱…….

그 움직임에 열차가 미세하게 내려앉았다. 열차가 사람들과 좀 더 가까워지자 감염자들의 발광이 더 심해졌다. 감염자들은 더 거칠게 창문을 두드렸다. 크아아아! 계속해서 조금씩 열차가 내려앉았다. 점점 감염자들이 가까워지자 성경과 수안, 노숙자가 두려움에 질려 덜덜 떨었다.

"아빠, 저기 좀 봐요."

수안이 가리킨 곳에는 창 가장자리에 부서진 유리 사이로 감염자가 비집고 나오고 있었다. 막무가내로 빠져나오려는 동작에 유리가 조금씩 부서져 나가기 시작했다. 이대로 있다간 깔려 죽든가, 감염자한테 물려 죽을 상황이었다.

시간이 없었다. 석우가 다급하게 주위를 둘러봤다.

그때 열차 아래 빠져나갈 수 있는 좁은 틈이 하나 보였다. 석우는 기어가 틈 옆을 발로 걷어찼다. 철판이 휘어지며 구멍이 조금 넓어졌다. 사람 하나가 간신히 빠져나갈 정도였다. 석우가 구멍으로 몸을 들이밀었다. 좁지만 나갈 수는 있었다. 석우가 엉금엉금

기어서 틈 사이를 빠져나왔다. 석우가 빠져나오기 무섭게 열차가 좀 더 아래로 기울었다. 그러면서 우당탕탕 철근이 내려앉았다. 빠져나올 수 있는 틈이 더 좁아졌다.

석우는 밖에서 안에 있는 사람들을 향해 소리쳤다.

"나와요, 빨리!"

성경이 수안에게 말했다.

"수안아, 가!"

수안이 성경을 먼저 밀었다.

"서연이부터요!"

수안의 말에 성경이 더 거절하지 못하고 먼저 열차 밑으로 들어갔다. 볼록하게 튀어나온 배 때문에 성경은 틈 사이로 쉽게 몸을 밀어 넣지 못했다. 배가 눌릴 때마다 너무나 고통스러웠다. 꾸역꾸역 몸을 밀어 넣던 성경은 틈에 그만 걸려 버렸다.

끼긱……. 감염자들이 난리 치는 통에 열차는 계속해서 내려앉고 있었다. 금방이라도 이 자리를 아예 덮쳐 버릴 것 같았다.

"아줌마, 힘내요……."

수안이 애가 타는 듯 발을 구르며 울먹거렸다. 마음이 급하기는 성경도 마찬가지였다. 어떻게든 밖으로 나가려고 했지만 좀처럼 몸은 빠져나오지 않고 힘만 빠졌다. 두 팔과 다리를 아무리 휘저어도 몸은 꿈쩍도 하지 않는 것 같았다.

"제발……. 상화야, 나 힘 좀 줘……."

성경이 낮게 중얼거렸다. 석우도 성경 앞에서 조금이라도 틈을 넓혀 주려 전력을 다해 철판을 위로 들었다.

"제발, 제발⋯⋯. 성경 씨, 조금만 더요."

끼긱⋯⋯. 열차가 조금 더 내려앉았다. 틈은 더 작아지고 말았다. 성경은 숨이 막혀왔다. 이대로 끼어 죽는 건 아닐까. 그런 불길한 생각이 들었다. 철판을 드는 석우의 이마에 땀방울이 맺혔다.


용석은 팔꿈치로 영국이 깨던 유리를 마저 깨기 시작했다.

쾅, 쾅, 쾅!

마침 금이 간 채로 깨져 가던 유리라 몇 번 내려치지 않았는데도 쉽게 깨졌다. 용석은 깨진 창으로 몸을 밀고 나왔다. 선로 저편에서 무궁화호 기관차가 서서히 움직이고 있는 게 보였다. 기장이 말하던 그 열차였다. 어떻게든 저 기차에 올라타야 했다. 용석은 열차를 향해 달렸다. 그때 멀리 플랫폼 쪽에서 감염자들이 용석을 발견하고 달려오기 시작했다.

기장은 일부러 천천히 운전했다. 무사한 승객들이 있다면, 한 명이라도 올라타길 바라는 마음에서였다. 사이드미러로 자신을 향해 미친 듯이 달려오는 용석이 보였다. 그 뒤로 감염자가 점점 용석을 따라잡고 있었다. 기장이 초조하게 그 모습을 바라보았다.

"빨리⋯⋯. 조금만 더 빨리⋯⋯."

기장이 더 힘껏 소리쳤다.

"좀 더 서둘러요!"

그 순간 용석이 철로에 발을 삐끗해 넘어졌다. 접질린 발이 너무 아파 쉽게 일어날 수 없었다. 감염자들은 금방이라도 용석을 덮칠 듯이 가까워지고 있었다. 용석이 기장을 애절하게 바라보았다. 그 모습을 보고 기장은 차마 용석을 외면할 수 없었다. 빨리 뛰어가 부축하면 달리는 무궁화호에 올라탈 수 있을 것 같았다. 기장은 얼른 기관차에서 뛰어내려 용석에게 달려갔다. 앞으로 달려가는 무궁화 열차와 뒤에서 달려오는 감염자들을 바쁘게 확인하며 기장은 용석의 어깨를 부축했다.

"빨리요, 빨리."

생각보다 다친 정도가 심각한지 용석은 쉽게 일어나지 못했다. 결국 감염자가 용석과 기장을 덮쳤다. 세 사람은 한 덩이가 되어 뒹굴었다. 기장은 감염자를 떼어내려 했다. 용석과 힘을 합친다면 아주 불가능한 일도 아니었다. 기장은 온 힘을 다했다. 그러나 감염자의 얼굴이 기장의 어깨로 파고들었다.

용석은 그 순간 재빠르게 기장을 감염자 쪽으로 밀었다. 그리고 자리에서 벌떡 일어나 달렸다. 감염자가 기장을 물면 도망칠 시간이 생긴다. 용석은 계산을 마친 뒤였다. 감염자에게 물린 기장은 통증보다 용석의 행동에 더 놀랐다. 용석을 향해 손을 뻗었지만 소용이 없었다. 어떻게……. 기장이 간절한 눈빛으로 다리를 절룩이며 걷는 용석을 바라봤다.

'어차피 인생이란 그런 거다. 내가 살아남는 게 중요한 거 아닌가.'

용석을 향해 뻗었던 기장의 팔이 서서히 내려갔다. 뿌옇게 바래져 가는 기장의 시야에 용석이 기관차에 오르는 것이 들어왔다.


와지직. 감염자가 들이미는 힘으로 유리 구멍은 조금씩 부서져켜졌다. 감염자 하나가 그 구멍으로 거의 몸을 빼낸 참이었다. 이제는 정말 시간이 없었다. 그 모습을 본 노숙자가 성경이 나가고 있는 구멍으로 다가가 철판을 발로 밀었다. 힘을 주느라 노숙자의 얼굴이 벌겋게 달아올랐다. 양쪽에서 석우와 노숙자가 힘을 써준 덕분에 마침내 간신히 성경이 몸을 빼냈다.

성경의 뒤로 수안이 바로 기어 들어가려고 했다. 이때 감염자가 유리 구멍에서 몸을 다 빼냈다. 떨어지듯 빠져나온 감염자는 후다닥 일어나 수안과 노숙자에게로 뛰어왔다. 자신을 향해 두 손을 뻗으며 달려오는 감염자의 모습에 수안은 몸이 뻣뻣하게 굳어버렸다. 수안의 마음을 알아챈 노숙자가 수안의 시야를 가로막고 섰다.

"아가, 빨리 가!"

노숙자는 진심으로 수안이 무사히 빠져나가기를 바랐다. 몇 번이고 자신에게 손을 내밀어 주었던 아이……. 수안이 노숙자에게 내민 것은 작은 도움이 아니었다. 그건 노숙자가 그리워해 온 따뜻함이었다.

수안은 그런 노숙자를 보기만 할 뿐 차마 움직이지 못하고 있었다. 감염자가 빠져나온 유리 틈으로 다른 감염자들도 몸을 밀어 넣고 있었다. 노숙자가 철봉을 들고서 달려드는 감염자를 막아 섰다. 더는 겁에 질려 벌벌 떨던 이전의 모습이 아니었다. 지킬 것이 있다고 생각하니 용기가 솟았다. 노숙자는 수안을 지키고 싶었다. 곧 유리창이 무게를 더 버티지 못하고 모두 파사사 부서지면서 감염자들이 바닥으로 쏟아졌다. 노숙자는 철봉을 힘껏 밀며 온몸으로 버티고 섰다.

"아저씨!"

석우가 구멍으로 얼굴을 들이밀며 수안을 향해 소리쳤다.

"수안아, 빨리!"

노숙자도 소리쳤다.

"가! 어서 가, 아가!"

"아저씨······."

노숙자의 눈에 눈물이 맺혔다.

"아가, 가······. 가, 아빠한테······."

열차는 점점 더 옆으로 기울어졌다. 깨진 유리 틈으로 나오느라 감염자들이 난리를 피운 탓이었다. 그 모습을 본 석우가 구멍으로 몸을 반쯤 밀어 넣었다.

"수안아, 뭐해! 서둘러!"

석우는 노숙자를 보며 울먹이고 있는 수안의 손을 잡아당겼다. 수안은 구멍으로 끌려가듯이 몸을 들이밀었다. 노숙자는 수안의 뒷모습을 슬픈 얼굴로 지켜봤다.

수안을 끄집어내자 석우는 수안을 안고 빠르게 뒷걸음질 쳤다.

쿠구궁!

그때 새마을호 열차가 완전히 옆으로 넘어졌다. 연기가 피어오르는가 싶더니 불이 붙었다. 뜨거운 열기가 석우에게도 고스란히 전달됐다. 기세에 놀라 석우가 수안을 끌어안은 채 뒤로 넘어졌다. 수안이 석우에게 매달려 엉엉 울었다.

"아빠, 저기 아저씨······. 아저씨가······."

석우가 수안을 꼭 끌어안았다.

"가야 돼, 수안아. 그냥 가야 돼······."

석우가 자리에서 일어섰다. 슬퍼할 겨를도 없었다. 넘어진 열차 뒤에서 감염자들이 튀어나오는 게 보였다. 그리고 좌측 선로를 따

라 움직이는 무궁화호 기관차도 보였다. 사람들의 희생을 헛되게
할 수 없었다.

　열차는 천천히 움직였다. 부산으로 가는 마지막 열차였다. 무슨
일이 있어도 저 열차에 타야 한다……. 석우는 수안을 안은 채 성
경과 함께 전력을 다해 뛰었다. 뒤로 감염자 대여섯 명이 달라붙
었다. 아니, 대여섯 명이 아니었다. 쓰러진 열차 안에서 감염자들
이 연이어 빠져나왔다. 어느새 감염자들은 동대구역 역사를 가득
메우며 석우 일행을 향해 달려오고 있었다. 석우와 성경은 자신들
을 쫓아오는 거대한 괴성과 발소리를 들었다. 석우 일행을 쫓아
맹목적으로 달려오는 감염자들은 중간에 회오리처럼 서로 뒤엉켜
나가떨어졌다. 그렇게 떨어져 나가도 쫓아오는 감염자는 무지막
지하게 많았다. 그 기세에 땅이 둥둥 진동했다. 두 사람은 뒤를 돌
아볼 엄두조차 내지 못했다.
　겨우겨우 세 사람은 무궁화호 기관차 뒤편까지 왔다. 감염자들
도 석우 일행을 거의 잡을 듯이 바짝 따라붙었다. 석우는 수안부
터 열차 위에 태웠다. 열차에 오른 수안은 재빨리 성경을 향해 손
을 뻗었다. 성경은 수안의 손을 잡고 석우가 밀어주는 힘에 의지
해 열차에 올라탔다. 주춤할 시간이 없었다. 기관차에 점점 속력이
붙었다. 감염자들이 뻗는 손에 석우의 몸이 살짝 닿았다. 석우가
이를 악물고 달려 아슬아슬하게 무궁화호 열차에 올라탔다.

　그러나 석우를 바짝 쫓아온 감염자 하나가 계단을 잡고 매달렸다. 감염자는 금방이라도 계단에 오를 것 같았다. 그 모습을 보고 성경과 수안이 비명을 질렀다. 석우는 계단을 내려가 손잡이를 잡고 있는 감염자의 손을 떼어내려 했다. 그러나 오히려 감염자가 이때가 기회라는 듯 입을 벌리고 달려들었다. 석우는 손으로 감염자의 손을 떼어내는 것은 포기했다. 어느새 감염자 뒤에 또 다른 감염자가 매달리고, 그 뒤로 또 다른 감염자가 매달렸다. 얼마 지나지 않아 매달린 감염자들의 수가 무서운 속도로 불어났다. 삼십, 오십…… . 감염자들이 주렁주렁 매달리자 열차의 한쪽 바퀴가 선로에서 살짝 들렸다 다시 붙었다. 열차의 속도도 점점 느려지는 듯했다. 자칫하면 열차가 멈춰 서거나 선로를 이탈할 수도 있었다. 석우는 이를 악물고 감염자의 손을 발로 짓밟았다.

　"제발! 제발, 놔! 놓으라고!"

얼마나 발길질을 했을까. 감염자는 손이 너덜너덜해지고서야 마침내 손잡이를 잡고 있던 손을 놓았다. 열차를 붙잡고 있던 감염자가 나가떨어지자 그 뒤에 매달려 있던 감염자들도 함께 나가떨어졌다. 열차는 감염자들한테서 서서히 멀어졌다.

석우는 온몸에 힘이 빠져 계단에 털썩 주저앉았다. 이제 힘든 고비는 모두 넘긴 듯했다.

석우와 수안, 성경은 외부 통로로 운전실을 향해 걸어갔다. 기관차가 가르고 있는 바람에 머리가 흩날렸다. 지친 셋은 작은 바람에 금방이라도 나가떨어질 듯 휘청거렸다. 세 사람은 난간을 붙잡고 조심스럽게 걸었다. 석우는 운전실 문을 열고 들어가려다가 멈칫했다. 안에 있는 사람은 기장이 아니었다. 익숙한 옆모습이 보였다.

운전석에는 용석이 앉아 있었다. 문이 열리자 용석이 석우를 향해 고개를 돌렸다. 그런데 그 얼굴이 이상했다. 용석의 얼굴과 온몸에 시퍼런 핏줄이 퍼져 있었다. 핏줄은 마치 제각각의 유기체인 듯 크게 꿈틀거렸다. 쉬익, 쉬익, 용석이 숨을 내쉬는 소리도 이상했다.

"누구세요?"

용석은 석우를 보자 어리둥절한 표정을 지으며 물었다. 언뜻 그 모습이 천진난만해 보이기도 했다. 용석은 마치 아무것도 모르는 다섯 살 아이 같은 표정이었다. 지금 용석의 얼굴에서 석우 일행에게 냉정하게 나가라고 하던 모습이나 사람들에게 석우를 감염자로 몰아붙이던 모습은 전혀 보이지 않았다.

그런 용석의 모습에 석우는 이상한 느낌이 들었다. 성경도 같은

생각인지 석우의 뒤에서 작게 속삭였다.

"저 사람…… 이상해요. 일단 피하는 게 좋겠어요."

셋은 운전실 문을 닫고 조심히 뒷걸음질 쳤다. 용석이 자리에서 일어나 더듬더듬 손잡이를 잡아 문을 열고 석우를 따라 나왔다. 감염된 게 아닌가? 석우는 용석의 움직임을 기민하게 관찰했다. 석우가 자신의 뒤에 서 있는 수안과 성경에게 더 물러서라고 손짓했다. 수안과 성경은 석우의 말대로 멀찍이 떨어졌다.

용석은 잔뜩 겁먹은 목소리로 횡설수설했다.

"아, 아저씨 무서워요……."

가늘고 여린 목소리였다. 석우가 이상한 말을 내뱉는 용석을 가만히 살폈다. 용석의 눈은 가장자리부터 희뿌옇게 탈색이 진행되고 있었다. 용석이 한 걸음 더 다가서며 사정했다. 두 손까지 절실하게 모으고 있었다.

"저……. 지, 지, 집에 데려다주세요. 네?"

용석은 두려움에 질린 어린아이 같았다.

"네? 제발요. 엄, 엄마가 지, 집에서 기다려요. 아, 아저씨……. 저 좀 살려주세요. 네? 무서워요."

용석은 어린아이가 돼 있었다.

용석은 어느새 언덕 위에 집들이 다닥다닥 붙은 판자촌에 있었다. 형제가 많은 탓에 유난히도 빨래가 마당 가득히 널려 있던 집이 용석의 집이었다. 그곳에는 아픈 어머니가 있었다. 용석이 어릴 적부터 어머니는 자주 병상에 누워 있었다.

'어머니가 기다리신다. 네가 보고 싶으시대.'

어느 날 형이 전화를 걸어와 말했다. 용석이 회사에 갓 입사했을 무렵이었다. 용석은 괜히 차갑게 쏘아붙였다.

'나한테 해준 게 뭐가 있다고 보고 싶대? 돈이 필요하면 그렇다고 해.'

'너 이 자식……. 네가 사람이냐.'

'됐으니 전화 끊어.'

용석은 다음날 고향 집으로 갔다. 집 앞까지 갔지만 차마 들어가지 못하고 담벼락 아래만 서성이다 다시 서울로 올라오고 말았다. 어머니의 마른기침 소리가 담장 너머로 들려왔다. 유년 시절을 보낸 동네를 걸으니 용석은 자신이 오랫동안 저주했던 어릴 때가 떠올랐다. 그때보다 더 늙고 약한 어머니를 볼 자신이 없어 도망쳤다. 감당할 수 없는 것들, 감당하고 싶지 않은 것들에게서 도망쳐버렸다. 가족들은 용석을 다시 이 판자촌으로 끌어내릴 것 같았다. 얼마 지나지 않아 어머니는 돌아가셨다. 지금까지도 용석은 금방이라도 무너질 듯한 판잣집에서 자신을 기다리는 어머니가 나오는 꿈을 꿨다.

"엄마, 엄마!"

용석은 정말 어린아이처럼 엄마를 찾으며 울었다.

"엄마! 집에 데려다주세요. 저희 집은 부산시 수영구……."

찬찬히 용석을 보던 석우가 진단하듯 말했다.

"당신…… 이미 감염됐어."

"뭐? 내가?"

그제야 용석은 정신이 번쩍 들었다. 용석은 두 손을 내려다봤다. 내가 그 괴물이 됐다고? 물리지도 않았는데? 순간 기장을 밀어 넣고 빠져나올 때 감염자한테 살짝 긁힌 게 떠올랐다. 아니야. 다친 게 아니야. 그럴 리 없어……. 손등에 보라색 혈관이 솟고 붉은 반점들이 일어나기 시작했다. 갑자기 용석의 입이 제멋대로 움직이기 시작했다.

"아니, 부산에 가면 어떻게든 할 수 있어. 엄마가……. 엄마가……."

"아니, 당신은 가면 안 돼."

석우가 단호하게 말했다. 용석은 고개를 흔들었다.

"내가…… 아니에요, 아니야. 크윽, 아니야!"

용석은 어린아이가 떼를 쓰는 듯한 표정을 짓더니 갑자기 입을 비정상적으로 크게 벌렸다. 곧 양팔을 마구 휘저으며 눈을 까뒤집기 시작했다. 열차가 달리는 벌판에 용석의 괴성이 쩌렁쩌렁하게 울렸다.

"크아악!"

완전히 변이한 용석이 소리를 지르며 석우에게 달려들었다. 수안이 놀라 소리쳤다.

"아빠!"

수안이 석우 쪽으로 달려가려고 하자 성경이 붙잡아 안았다. 성경이 달래듯 말했다.

"수안아, 안 돼……. 안 돼."

석우는 자신에게 달려든 용석을 막았다. 석우가 용석의 양팔을 잡았지만 턱을 들이민 용석은 금방이라도 석우의 얼굴을 물어뜯을 것 같았다.

크아아아!

용석이 다시 한 번 괴성을 내질렀다. 석우가 힘을 주어 용석을 열차 밖으로 밀려 했다. 용석의 허리가 난간에 걸쳐져 당장 뒤로 떨어질 듯 보였다. 그때였다. 완전히 꺾였던 용석의 허리가 갑자기 탄력을 받은 듯 그대로 일으켜졌다. 용석은 괴력을 발휘해 석우에게 달려들었다. 방금 용석을 미는 데 힘을 모두 쓴 석우가 주춤 뒤로 물러섰다. 용석의 힘에 이번에는 석우가 뒤로 밀려 열차에서 떨어질 듯했다. 그 상황을 보다 못한 성경이 메고 있던 핸드백으로 용석의 머리를 내리쳤다. 용석은 갑작스러운 충격에 석우를 놓고 몸을 돌려 성경과 수안을 향해 달려들었다. 그 모습에 석우가 벌떡 일어나 용석의 목을 뒤에서 끌어안았다. 용석은 몸부림을 치며 눈앞에 있는 성경을 향해 입을 크게 벌렸다.

"아빠!"

수안이 놀라 소리를 지르자 용석이 곧바로 그쪽으로 고개를 돌렸다. 용석은 거침없이 수안을 향해 달려들려고 했다.

"안 돼!"

석우는 제 손을 용석의 입에 욱여넣었다. 무슨 일이 있어도 수안을 안전한 곳으로 보내야 했다. 성경도 마찬가지였다. 상화가 자신을 내던지며 부탁했다. 두 사람은 어떻게든 지켜내야 했다.

석우는 온 힘을 짜내 용석을 돌려세우고 통로 쪽으로 밀었다. 석우의 팔에서 피가 흐르기 시작했다. 열차는 선로를 따라 앞으로 쉬지 않고 달렸다. 석우는 용석의 입에 물린 손으로 용석을 붙잡고서 다른 쪽 손으로 열차에 달린 쇠사슬을 자신의 허리에 감았다. 그리고 용석을 붙잡은 채 열차 밖으로 뛰어내렸다. 석우는 쇠사슬에 조인 석우 허리가 끊어질 듯 아팠다. 쇠사슬에 매달린 석우는 제 손을 물고 있는 용석의 얼굴을 떼어냈다. 붙잡을 곳이 없어진 용석은 열차 밖으로 떨어져 순식간에 시야에서 사라졌다.

석우가 자신의 손을 내려다보았다. 이빨 자국이 선명했다. 상처가 난 곳부터 점점 혈관이 부어오르고 있었다. 결국 나도……. 석

우가 뒤를 돌아보았다. 수안과 성경이 놀라 떨고 있었다. 두 사람은 석우가 물렸다는 사실을 보고도 믿지 못하는 듯했다. 두 사람을 보니 석우의 얼굴이 다급해졌다. 손이 떨어져 나갈 듯한 고통도 지금은 중요한 게 아니었다.

석우는 재빠르게 무궁화호의 운전석으로 뛰어 들어갔다.

"성경 씨! 빨리 오세요!"

성경은 석우의 재촉에 정신을 차리고 운전실로 들어왔다. 석우가 빠르게 운전석 이곳저곳을 살피며 말했다.

"이쪽으로 앉으세요."

성경이 가만히 고개를 끄덕이며 운전석에 앉았다.

석우가 운전석을 이리저리 살피더니 비상 정지 버튼을 가리켰다.

"안전한 곳이 나오면 그때 이걸 눌러요. 알겠죠?"

성경이 석우의 물린 자국을 쳐다봤다. 감염자한테 공격당한 상처를 이렇게 가까이에서 보는 건 처음이었다. 석우의 피부가 시퍼렇게 질려가고 있었다. 성경은 자기가 할 수 있는 일이 고개를 끄덕이는 게 전부라는 듯 고개를 크게 끄덕였다. 성경도 자꾸만 눈물이 나오는 걸 애써 참았다. 석우가 다짐받듯 말했다.

"그래요."

"석우 씨……."

"성경 씨, 잘할 수 있을 거예요. 부탁해요."

석우는 다급히 수안 앞에 무릎을 꿇고 앉았다. 시간이 없었다. 언제 변할지 모르는 일이었다. 아직 생각하고 자제할 수 있을 때 중요한 일을 끝내야 했다. 막상 수안의 앞에 있으니 석우는 수안의 얼굴을 볼 자신이 없었다. 미안해. 끝까지 지켜주지 못해서…… 아버지 없이 수안이 살아가야 할 날들이 걱정스러웠다. 어떤 말을 가장 먼저 하면 좋을까……. 하고 싶은 말이 너무 많았다.

"수안아……. 일단 아줌마 옆에 계속 있어야 돼. 부산에 가면 엄마가…… 분명……."

수안이 그만 말해도 된다는 듯 석우의 손을 붙잡았다. 석우는 자신의 손을 잡은 수안의 작은 손을 바라보았다. 수안의 얼굴은 눈물로 범벅이 되어 있었다. 석우는 마지막으로 파르르 떨리는 수안의 작은 손을 힘주어 잡았다. 여전히 수안은 고개를 숙이고 눈물을 흘리고 있었다. 수안은 믿기지 않았다. 이대로 아빠와 헤어져야 한다는 사실이……. 석우가 이제 손을 빼려고 했지만 수안이 그 손을 놓지 않았다. 수안은 힘을 줘 석우의 손을 붙잡았다. 수안은 석우가 어떻게 하려고 하는지 알 수 있었다. 그래서 수안은 계속 고개를 흔들었다.

"아빠……. 안 돼, 안 돼요."

수안의 울음기 가득한 목소리에 석우의 심장에서 감정들이 끓어오르기 시작했다. 석우는 눈물을 참기 위해 얼굴을 찌푸렸다.

"수안아, 아빠는……."

"아빠, 그러지 말아요……."

"아빠는 수안이를 정말로……."

"아빠, 안 돼요. 옆에 있기로 했잖아요. 내 곁에서 떠나지 않겠다고 했잖아요. 아빠, 잘못했어요. 제가 잘못했어요. 가지 마세요. 제발, 가지 마세요."

"수안아, 아빠는…… 수안이를 사랑해. 사랑한다."

더 말을 잇지 못하다 점점 부어오르는 팔과 심해지는 고통 때문에 석우는 정신을 퍼뜩 차렸다. 얼마 남지 않았다. 곧 수안을 알아보지도 못하는 괴물이 될 것이다. 안 된다. 이대로 자신이 변하기라도 하면…….

석우는 눈을 질끈 감고 수안을 뿌리치듯 일어났다.

"아빠!"

석우는 문을 열고 나갔다. 창 너머로 석우가 멀어지자 수안이 따라 달려들었다.

"아빠! 안 돼! 아빠, 안 돼!"

석우는 수안이 자신을 찾는 소리를 더 들을 수 없었다. 성경이 수안의 어깨를 잡으며 말렸다.

"수안아."

성경도 울음이 터져 나왔다.

"수안아, 아줌마 지켜주기로 했잖아. 가지 마, 아줌마랑 같이 있자. 응? 수안이가 이러면 아빠가 더 슬퍼하셔……."

"아빠! 아빠!"

수안의 울음소리가 운전실 밖으로 새어 나왔다.

*

석우는 외부 통로로 나가 난간에 기대어 섰다. 석우는 어깨를 들썩이며 거칠게 울었다. 이렇게 수안을 떠나야 하는 상황이 너무 괴로웠다. 석우는 어린아이처럼 소리 내 울었다. 눈물이 멈추지 않았다. 아버지의 장례식에서도 이렇게 마음껏 울지 못했다. 지금은 터져 나오는 눈물을 도저히 막을 수가 없었다. 죽는 것은 두렵지 않았다. 수안이……. 눈에 넣어도 아프지 않을 딸 수안이……. 수안이가 슬퍼하고 있다. 수안이가 두려움에 떨고 있다. 석우는 그런

수안이 곁에 더 있어 줄 수 없었다. 갑자기 몸통이 조여오며 숨이 차오르기 시작했다. 불덩이라도 삼킨 듯 몸속에서 고통스럽도록 뜨거운 기운이 휘몰아쳤다.

그때 석우의 머릿속에 옛날 기억이 떠올랐다.

석우의 눈앞에 병원이 펼쳐지고 갓난아이의 울음소리가 들렸다. 그곳에서 석우는 포대기에 싸인 갓난아기를 받아들었다. 포대기 속 아기는 새근새근 고른 숨을 내쉬며 잠을 자고 있었다. 태어난 지 얼마 되지 않아 아직 붉은 기운도 가시지 않은 작은 아이가 석우의 품에 안겨 있었다. 석우는 아이를 받아들고서 벅찬 마음에 웃음을 감추지 못했다. 수안이 태어난 날이었다.

석우는 다른 감염자들처럼 마지막 순간에 환영에 휩싸였다. 수안아……. 네가 내 곁에 와줘서 정말 기뻤어. 고마워.

열차 끝에 서 있던 석우가 고개를 들었다. 이제 석우에게는 막 태어난 수안의 작은 발과 손을 조심스럽게 만진 아름다운 기억만 남았다. 무척이나 따뜻한 기억이었다. 누군가를 진실하게 사랑한 귀중한 순간이었다.

석우의 눈에서 계속 눈물이 흘렀다. 두 눈은 이미 탈색된 채였다. 석우는 지금도 마치 바로 앞에 수안이 있는 듯 애써 웃어 보였다. 석우는 행복한 사람이었다. 수안이 있었기에…….

선로 위에 무궁화호 뒷부분의 그림자와 석우의 그림자가 보였다. 덜컹덜컹. 기차는 멈추지 않고 계속 달렸다. 석우의 그림자가

위태롭게 흔들렸다. 얼마 지나지 않아 석우의 그림자가 열차에서
사라졌다.

*

    수안과 성경이 탄 열차는 멈추지 않고 달렸다. 열차의 옆쪽으로
저수지가 나타나더니 곧 터널이 나타났다. 이 터널을 지나면 부산
일 터였다. 그런데 터널 입구가 드럼통들과 박스들로 막혀 있었다.
누군가 일부러 막아 놓은 것 같았다. 드럼통 안에서 불길과 연기
가 피어올랐다. 열차는 터널을 지나갈 수 없었다. 그 광경에 수안
과 성경이 서로의 얼굴을 보았다. 성경이 석우가 가르쳐 준 대로
비상정지 버튼을 눌렀다. 순간 덜컹 소리와 함께 열차가 멈추었다.
    열차가 멈추고 두 사람은 터널 앞을 좀 더 유심히 살폈다. 터널
앞 선로에는 감염자와 군인들의 시체가 산처럼 쌓여 있었다. 그
시체는 모두 불에 탄 채였다. 곳곳에서 아직 꺼지지 않은 불길이
치솟았다. 그 뒤로는 방금 전 군대가 퇴각한 듯 참호와 바리케이
드들이 있었다. 그곳에도 감염자들의 시체들이 널려 있었다. 매캐
한 냄새가 진동했다.
    “아줌마…….”
    “나가 보자, 수안아.”
    성경과 수안은 운전실 문을 열고 천천히 나왔다. 열차 계단에서

뛰어내릴 때 성경은 무리가 갔는지 배가 아팠다. 성경은 아랫배의
통증에 순간 머릿속이 하얘지는 기분이었다. 설마……. 아직은 안
돼, 아가야. 서연아, 조금만 참아 줘. 제발…….

"으윽……."

수안이 고통스러워하는 성경의 손을 잡아주었다.

"아줌마, 힘내요."

성경과 서연은 감염자의 시체들이 쌓여 있는 선로로 내려왔다.
앞에 펼쳐진 풍경들은 도저히 현실의 풍경 같아 보이지 않았다. 수
안은 다리 위에 널려 있는 시체들을 보았다. 눈을 뜨고 죽은 사람
도 있었고, 온몸이 뒤틀린 채 죽은 사람도 있었다. 수안과 성경은

끔찍한 광경에 후들거리는 다리를 붙잡고 천천히 걸었다. 머리와 가슴에 총을 맞고 죽은 감염자들도 있었다. 아직도 죽지 못하고 갑자기 발작을 하며 수안에게 손만 뻗는 감염자도 보였다. 그 손짓은 수안을 노리는 것 같기도 하고 구원을 원하는 것 같기도 했다. 수안이 보기에 모두 괴로워하고 있는 것 같았다.

터널 입구는 성경과 수안을 집어삼킬 듯이 깜깜한 입을 크게 벌리고 있었다. 어두워 앞이 보이지 않자 성경과 수안이 잠시 멈칫거렸다. 곧 두 사람은 서로의 손을 더욱 힘주어 잡았다. 사체들은 터널 안쪽까지 죽 이어져 있었다. 두 사람은 터널 안으로 조심스럽게 걸음을 옮겼다.

"무섭니?"

수안이 고개를 끄덕였다. 하지만 수안은 성경의 손을 잡고 애써 웃었다.

"아줌마도 무섭죠? 내가 무섭지 않게 해줄게요."


진지를 구축하기 위해 쌓아 놓은 모래주머니 사이로 소총수가 터널을 향해 조준하고 있었다. 그 뒤로 무전병도 있었다. 소총수는 총에 눈을 대고 가만히 가늠자를 보고 있었다. 방심해서는 안 된다. 이미 이 군인들은 날뛰는 감염자들을 많이 보았다. 또 그 감염자들을 셀 수 없이 여러 번 사살했다. 망설이다 자칫 잘못하면 감염자가 부산으로 들어오게 된다. 그럼, 이곳도 끝이다. 부산을 지키는 군인들은 감염자가 부산으로 들어오는 것만은 어떤 수를 써서라도 막아야 한다고 교육받았다.

그때 터널 쪽을 보던 무전병이 무전기에 대고 말했다.

"맞은편에서 두 명이 접근하고 있다. 아이와 성인 여성으로 추정, 이상."

'치익⋯⋯. 감염 여부 확인하라, 이상.'

기계음과 함께 명령이 전달되었다. 다른 소총수가 눈살을 찌푸리며 터널에서 걸어 나오는 두 사람을 살펴보았다. 가늠자를 보고 있던 소총수가 방아쇠에 손가락을 걸었다.

"니들은 어디서 나온 거야⋯⋯."

열차가 도착한다는 소식은 없었다. 그럼, 저 두 사람은 어디서 나타난 걸까? 걸어서 여기까지 온 걸까? 감염되지 않은 상태로? 혹시 사살한 감염자가 살아났나? 아무리 죽여도 감염자가 몇 번이나 다시 일어서는 걸 이미 질리도록 봤다. 무전병이 침착하게 말했다.

"기다려⋯⋯."

소총수는 긴장해 눈도 깜박이지 못하고 지켜보았다. 실수해서는 안 되었다. 감염자라면 더 가까이 오기 전에 처리해야 했다.

그들은 터널 안 어둠 속에서 실루엣으로 자신들의 존재를 드러내고 있었다. 두 사람이 손을 잡고 있는 듯 보였다.

"확인 불가능하다고 보고해⋯⋯."

무전병이 말했다.

"육안으로 식별이 불가능하다. 결정 바란다, 이상."

'치이……. 치이……. 치이……. 사살하라, 이상.'

소총수는 무전을 듣자마자 재빨리 다시 자리를 잡고 총을 겨누었다. 소총수의 가늠자가 실루엣을 겨누었다. 어른을 먼저 쏠 것인가, 아이를 먼저 쏠 것인가. 잠시 방황했지만, 곧 어른 실루엣을 조준했다. 천천히 방아쇠를 잡고 있는 소총수의 손가락에 힘이 들어갔다. 당기려는 순간이었다. 그때였다.

"잠깐."

갑작스러운 무전병의 말에 방아쇠를 건 소총수가 동작을 멈췄다. 무슨 일이냐는 듯 소총수가 무전병을 쳐다봤다. 발포를 막은 무전병이 터널을 유심히 바라보고 있었다.

"노래야……. 노랫소리잖아."

수안은 울음을 삼키며 노래를 불렀다. 학예회 날 아이들 앞에서 부르려다가 만 노래였다. 처음에는 배가 아파 힘들어하는 성경을 위로하기 위해 부르기 시작한 노래였다. 그런데 부르다 보니 자꾸만 아빠 생각이 났다.

'기차에서 내리면, 아빠한테 그 노래 꼭 들려 줄래?'

수안은 석우의 말이 떠올라 자꾸만 눈물이 솟았다. 그래서 수안은 일부러 더 소리를 높였다.

검은 구름 하늘 가리고
이별의 날은 왔도다
다시 만날 기약을 하고
서로 작별하고 떠나리

시작했으면 중간에 포기하면 안 되는 거야. 아빠의 말이 귓가에 맴돌았다. 바보같이 멈추면 안 돼. 수안은 이번에는 어디선가 아빠가 제 노랫소리를 듣고 있을 것 같았다.

알로하 오에
알로하 오에

꽃 피는 시절에 다시 만나리
알로하 오에
알로하 오에
다시 만날 때까지


터널에 수안의 노랫소리가 울렸다. 다시 만날 때까지……. 수안
은 그 가사에 가슴이 저려왔다. 아빠와 다시 만나고 싶었다. 이 노
래로 그럴 수만 있다면 목이 터져라 부를 수도 있었다.


꽃 피는 시절에 다시 만나리
알로하 오에
알로하 오에
다시 만날 때까지


무전병은 점점 크게 들리는 수안의 노랫소리에 놀라 무전을
했다.
"노래…… 하고 있다, 이상."
무전병과 소총수 두 명은 모두 조용히 대답을 기다렸다. 무전기
너머에서는 잠시 침묵이 흘렀다. 뜸을 들이던 무전기에서 대답이
들려왔다.
'즉각 구조하라. 생존자, 구조하라.'

소총수와 무전병이 곧바로 몸을 일으켰다. 생존자다! 소총수가 뒤편의 다른 군인들에게 소리쳤다. 목소리에는 반가움이 가득했다.

"생존자가 접근 중이다. 즉각 구조한다!"

"생존자다! 구조하라!"

잠복해 있었던 군인들이 여기저기서 튀어나왔다.

수안은 눈물 흘리면서 힘차게 노래했다. 터널의 끝이 서서히 커지고 있었다. 빛이 쏟아지는 곳에서 두 사람을 구조하기 위해 군인들이 달려오고 있었다. 수안은 멀리서 아빠의 모습을 본 듯 크게 웃었다.

# MAKING BOOK

# 세상의 종말,
# 우리는 어떤 이야기를 해야 하나?

〈부산행〉 연상호 감독님과의 대화

**〈부산행〉은 연상호 감독님의 세 번째 장편 영화이자 첫 실사 영화입니다. 영화에서 어떤 부분에 가장 중점을 두었나요?**

등장하는 인물이 우리가 일상에서 쉽게 볼 수 있는 보편적인 인물로 보였으면 했습니다. 감염자를 피해 살아남으려고 할 때, 인물들이 보이는 각각의 행동 패턴이 우리가 일상에서 흔히 볼 수 있는 모습이었으면 했어요.

석우와 수안을 뺀 다른 사람들이 왜 부산행 KTX에 타게 됐는지 영화는 굳이 보여주지 않습니다. 현장에서 배우들과 가볍게 이야기한 적은 있지만, 구체적으로 설정을 만들지는 않았어요. 캐릭터가 보통 사람이라는 범주를 벗어나지만 않으면 된다고 생각했기 때문입니다. 특별한 사연이 없어도 괜찮은 겁니다. 인물의 과거나 열차를 탄 까닭은 관객분들의 상상에 맡기겠습니다.

**보통 사람을 담고 싶었기 때문일까요? 펀드 매니저인 석우를 통해 '개미'나 '개미 핥기'라는 단어가 등장합니다. 그럼, 주인공 석우의 직업을 펀드 매니저로 설정한 이유가 따로 있을까요?**

석우를 펀드 매니저로 한 까닭은 영화를 준비하면서 저 자신한테 스스로 던진 질문 때문입니다. 세상의 종말이라는 이야기에서 어떤 주제를 잡아야 하는가. 성장 중심의 사회에서 우리가 다음 세대에 무엇을 남겨줄 것인지 고민

해야 한다고 봅니다. 그런 주제를 고민하면서 〈부산행〉을 준비했습니다. 그래서 성장을 대변하는 펀드 매니저로 석우의 직업을 정했죠.

**바이러스에 감염돼 감염자로 변이하는 과정이 인상 깊습니다. 단순히 몸만 변하는 게 아니라 그 과정에서 감염자들이 어린아이가 되거나 자기가 사랑하는 사람을 보기도 합니다.**

감염자의 외향이 좀비물이라는 장르의 특징을 너무 따르지 않도록 했습니다. 열차라는 좁은 공간에서 변하는 거니까 부딪혀서 부어오르거나 멍이 드는 정도였으면 했어요. 좀비나 괴물이라고 구분 짓기보다 사람인데 감염이 된 거라는 걸 강조하고 싶었기 때문입니다.

또 사람이 자기가 전혀 모르는 존재로 변한다는 부분을 강조하고 싶었습니다. 그 과정에서 참고할 만한 게 치매 환자였습니다. 아주 강한 치매를 앓는 상태로 상상했습니다. 뇌에 이상이 생겨서 이상한 기억이 떠오르기도 하고, 아이가 되기도 하고, 진짜 속마음이 나오기도 하는 설정입니다.

**〈부산행〉은 서울역과 부산역을 비롯한 역사 공간, 300km로 달리는 KTX의 움직임, 감염자의 모습 등 비주얼로 관객을 압도하는 영화입니다. VFX 작업은 어땠나요?**

VFX가 많이 들어간 영화를 어린 시절부터 좋아했습니다. 〈스타워즈〉나 〈인디아나 존스〉의 메이킹 영상을 TV에서 해 주면 정말 좋아했어요. 첫 실사 영화를 찍으면서 VFX를 많이 활용했습니다. 그러나 예산이 아주 많은 영화가 아니다 보니 모든 걸 VFX에만 기댈 수는 없었어요. 그래서 영화에 나오는 여러 장면은 특수효과팀과 연출팀의 아이디어가 절묘하게 어우러진 결과물입니다. 연출팀, 촬영팀, 특수효과팀, 분장팀, 스턴트팀 등 여러 팀이 협업했습니다. 그 과정이 즐거웠어요. 작업 과정을 간단하게 말씀드리면, 베테랑 스턴트맨들이 안전 장비를 갖추고 필요한 동작을 합니다. 그걸 소스로 따서 CG로 가공하는 방식이었습니다. '더미'라는 마네킹을 이용해서 장면과 장

면을 찍고 붙이기도 했습니다. 디지털 기술과 아날로그 기술을 총동원해서 만들었죠.

**VFX를 활용한 장면 중 특히 기억에 남거나 공을 들인 장면이 있나요?**
석우 일행이 갈아탄 열차에 감염자들이 매달리는 장면을 꼽고 싶습니다. 엄청나게 많은 감염자들이 열차에 계속 매달립니다. 시나리오에 없는 장면인데 촬영하면서 문득 떠올라 넣었습니다. 어려울 수 있는 작업이었지만 수월하게 진행됐습니다.

**감독님의 영화를 좋아하는 분들과 비주얼 노블 『부산행』의 독자분들께 한 말씀 부탁드립니다.**
모두 이 영화가 난항을 겪을 것으로 생각했을 겁니다. 생소한 소재에 실사 영화를 처음 찍는 감독이었으니까요. 그런데 투자, 캐스팅, 촬영까지 난항이 전혀 없었습니다. 촬영하는 내내 짜증 섞인 소리도 하나 나오지 않았습니다. 많은 분이 믿어주셨기 때문에 가능한 일이었습니다. 제 첫 실사 영화이면서 이전의 작품이랑 색깔이 많이 달라서 어떻게 보셨는지 관객분들의 느낌이 궁금합니다. 장르적 요소나 장면들을 재밌게 봐주셨으면 합니다. 또한, 비하인드로 책도 즐겨주셨으면 합니다.

# 명장면으로 살펴보는
# 〈부산행〉 VFX

설명 및 자료 제공 : 디지털 아이디어 정황수 VFX 슈퍼바이저

## ① 고라니

영화의 도입부에 등장하는 감염된 고라니. 기괴하게 발버둥 치며 일어나는 모습을 통해 이후에 일어날 사건을 암시한다. 모델링, 텍스처, 리깅, 애니메이션 등 여러 단계의 작업을 거쳐 CG로 감염된 고라니를 만들었다.

1. 진양 톨게이트, 차 안 – 낮
한산한 도로에 고라니 시체만 덩그러니 누워 있다. 잠시 후, 부러진 관절들을 잡아당겨 세우듯 기괴하게 일어나는 고라니의 모습에서……

**최종 완성 화면**

258

모델링 및 리깅 과정

텍스처 과정

애니메이션 과정

# 명장면으로 살펴보는
# 〈부산행〉 VFX

## ② KTX

〈부산행〉에는 많은 Prop(모델링 소스)가 등장한다. 그중에서도 KTX, 새마을호, 무궁화호, 화물 열차 등 여러 요소들을 3D로 구현하였다.

### 86. 동대구역. 전경 – 아침

하행선 선로 일곱 개가 최종적으로 합류되는 지점에서 엉켜 있는 화물 열차와 새마을호 열차. 그리고 그 화물 열차 좌측면으로 다가가다 멈춰선 우리 KTX 열차. 우리 열차 양옆으로 멈춰 서 있는 무궁화호 두 대. 좌측 무궁화호는 새마을호 앞부분과 거의 비슷한 위치까지 나아가 있다. 마치 기차들이 서로 먼저 도망가려다 엉켜버린 형국이다.

**최종 완성 화면**

무궁화호 Prop

KTX Prop

3D Prop이 적용된 레이아웃 화면

# 명장면으로 살펴보는
# 〈부산행〉 VFX

### ③ 대전역

영화의 주요 공간인 대전역은 실제로는 충남 예산의 삽교역이다. 미술팀에서 제작한 KTX 한 량과 그린 매트를 활용한 합성으로 삽교역을 대전역으로 만들었다.

> 41. 대전역, KTX-2-3호 연결부 – 아침
>
> 서서히 대전역으로 들어가는 열차. 창밖으로 대전역 플랫폼이 보인다. 가만히 창밖을 보고 있는 열차 안 사람들. 플랫폼엔 아무도 없다. 사람도, 감염자도……. 너무 고요해서 오히려 이상해 보이는 대전역.

최종 완성 화면

삽교역 실제 모습

최종 완성 화면

KTX 한 량에 그린 매트를 붙인 모습

# 명장면으로 살펴보는
# 〈부산행〉 VFX

## ④ Pre-visual 작업

구름다리의 유리 창문이 깨지면서 감염자가 떨어지는 장면이다. 사전 시각화
(Pre-visual) 작업을 통해 촬영 현장의 상황을 콘트롤하고 배우들의 안전을 고
려해 촬영을 진행할 수 있었다.

54. 대전역. 플랫폼 – 아침
14-15호 연결부에 보이는 진희를 향해 달리는 성경과 수안. 앞에는 손을 잡고 달리는
인길과 종길이 보인다. 이때 인길과 종길 앞으로 투둑 떨어지는 유리조각들. 위를 보
는 성경. 동쪽 광장 구름다리 안에 포화상태로 있던 군인들이 헬멧으로 유리를 들이
받고 있다. 박살나는 유리창. 곧이어 구름다리에서 쏟아져 떨어지는 감염자들.

최종 완성 화면

Pre-visual로
예상한
최종 완성 장면

Pre-visual로
계획한 촬영 장면

유리 파편 등
FX 반영을 위한
3D Dummy Matching

Pre-visual로 그린
촬영 현장

# 명장면으로 살펴보는
# 〈부산행〉 VFX

## ⑤ 화염 열차

화염에 휩싸인 무궁화호가 빠른 속도로 달려와 감염자들로 가득 찬 열차와 충돌한다. 이 장면을 사실적으로 표현하기 위해 인물을 제외한 모든 부분을 CG로 구현했다.

> 96. 동대구역, 차량기지 – 아침
> 엄청난 속도로 다가오고 있는 불빛, 불타는 열차다. 화염에 휩싸여서 달려오고 있는 무궁화호 기관차 한 량. 당황하며 무궁화호 기관차를 세우는 기장. 기기긱!!! 무서운 속도로 가까워지는 화염 열차, KTX 열차가 있는 곳으로 향한다.

**최종 완성 화면**

레이아웃 및 애니메이션 화면. 최종 완성 화면

인물 소스 촬영 화면. 최종 완성 화면

# 명장면으로 살펴보는
# 〈부산행〉 VFX

## ⑥ 군중 시뮬레이션

동대구역에서 셀 수 없이 많은 감염자들이 선로 위를 내달리면서 서로 밀치고 걸려 넘어지는 장면이다. 숙련된 스턴트맨 30여 명이 기찻길을 뛰었다. 나머지 인원은 자율적으로 즉흥 동작을 수행하는 군중 시뮬레이션용의 마야(Maya) 플러그인 마이아미(Miarmy)를 사용해 구현했다. 〈부산행〉의 VFX 중에서 가장 심혈을 기울인 장면이다.

> 109. 동대구역, 선로 – 아침
> 천천히 움직이고 있는 무궁화호 기관차. 그 옆으로 수안을 안고 미친 듯이 뛰고 있는 석우와 성경이 보인다. 석우 뒤로 따라 붙는 대여섯의 감염자들. 마침내 따라잡은 무궁화호 기관차 뒤편. 석우는 일단 수안부터 열차 안에 태운다. 성경을 향해 손을 뻗는 수안. 수안과 석우의 도움으로 간신히 열차에 올라타는 성경. 점점 빨라지는 기관차. 전력을 다해 달리는 석우. 아슬아슬하게 무궁화호 열차에 탑승하는 석우.

최종 완성 화면

특정 지점으로 몰려드는 군중 시뮬레이션 테스트 화면

촬영 장면에 적용된 군중 시뮬레이션 화면

모델링이 적용된 군중 시뮬레이션 화면

# ARTWORK

전복된 새마을호

화염에 휩싸인 열차와 충돌한 뒤

대전역의 구름다리에서 떨어지는 감염자들

승객 중 가장 먼저
감염되는 승무원 민지

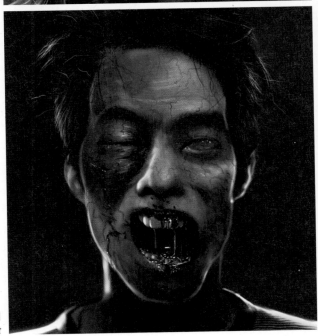

민지에게 물려
감염된 승무원 팀장

# CRANK UP

# CAST&STAFFS

| | | | |
|---|---|---|---|
| 제공/배급 | NEW | 상화 | 마동석 |
| 제작 | ㈜영화사 레드피터 | 수안 | 김수안 |
| 공동제공 | 타임와이즈인베스트먼트㈜ | 용석 | 김의성 |
| | (유)동문파트너즈 | 영국 | 최우식 |
| | ㈜한국투자파트너스 | 진희 | 안소희 |
| | ㈜대교인베스트먼트 | 인길 | 예수정 |
| | 유니온투자파트너스㈜ | 종길 | 박명신 |
| | KTB네트워크㈜ | 노숙자 | 최귀화 |
| | ㈜인터파크 | 기장 | 정석용 |
| | IBK기업은행 | 기철 | 장혁진 |
| 투자지원 | 문화체육관광부 | 열차 팀장 | 한성수 |
| | 중소기업청 | 승무원 민지 | 우도임 |
| | 한국벤처투자㈜ | 여승무원 | 문혜영 |
| 제작투자 | 김우택 | 김 씨 | 김재록 |
| 공동투자 | 한미미 신강영 이은재 백여현 이황상 | 김 대리 | 김창환 |
| | 이재우 신진호 김양선 오승욱 서동욱 | 석우 모 | 이주실 |
| | 유제천 권선주 | 야구부 감독 | 김주헌 |
| 투자총괄 | 장경익 | 야구부 1번 | 김민석 |
| 투자기획 | 박준경 | 야구부 9번 | 김민상 |
| 투자책임 | 김수연 | 야구부 13번 | 박성민 |
| 제작 | 이동하 | 역무원 | 김형석 |
| 감독 | 연상호 | 은색 양복 | 전 영 |
| 각본 | 박주석 | 양복쟁이 1 | 이중옥 |
| 각색 | 연상호 | 양복쟁이 2 | 김율호 |
| 프로듀서 | 김연호 (P.G.K) | 양복쟁이 3 | 최현준 |
| 촬영 | 이형덕 (C.G.K) | 공익 | 조춘호 |
| 조명 | 박정우 (리얼라이팅파크) | 경비원 | 김호연 |
| 그립 | 정 훈 (The Grip CR.) | 선생님 | 김유주 |
| 미술 | 이목원 (비정미술) | 등산복 아줌마 | 차청화 |
| 소품 | 오진석 (BLOCKBUSTR) | 등산복 아저씨 | 이용곤 |
| 세트 | 아트서비스 (ART-SERVICE) | 만신창이 청년 | 김원진 |
| 동시녹음 | 강봉성 (한양스튜디오) | 이어폰녀 | 한지은 |
| 의상 | 권유진 임승희 (해인엔터테인먼트) | 스케이트보드남 | 최민규 |
| 분장/헤어 | 이은주 (MATE) | 슬립감염자 | 길빛나 |
| 특수분장 | 곽태용 황효균 (CELL) | 전경에게 끌려가는 감염자 | 손지훈 |
| 특수효과 | 정도안 박경수 (DEMOLITION) | 안행부 장관 | 이동하 |
| 무술 | 허명행 정진근 (서울액션스쿨) | 대전역 이등병 | 박종관 |
| 편집 | 양진모 (TEO FILM POST) | 석우 덮치는 군인 | 백인권 |
| Digital Intermediate | 강상우 (DEXTER THE EYE) | 상화 무는 감염자 | 김윤주 |
| 시각효과 | 정황수 (디지털 아이디어) | 기관사 감염자 | 홍준표 |
| 음악 | 장영규 | 아기 수안 | 김루한 |
| 사운드 | 최태영 (라이브 톤) | 간호사 | 윤미중 |
| 제작실장 | 민정은 | 소총수 | 장태민 |
| 조감독 | 민홍남 | 무전병 | 남연우 |
| | | 나영(목소리) | 김은경 |
| 〈나오는 사람들〉 | | 민 대위/무전(목소리) | 정영기 |
| 석우 | 공 유 | 관제실(목소리) | 연상호 이민식 |
| 성경 | 정유미 | 생존자 | 동윤석 서유하 장 훈 전영인 이종현 |

맹주영 이창호 박혜진 김금순 최광남
이채령 박숙명 김태영 김영서 구자은
백승환 허인구 오태은 이채이 김영삼
김윤용 전희련 김희영 김진용 김연정
유재희 김태경 김지현 임 영 박용복
권가이 곽혜진 백정우 이정철 정재덕
지동현 김찬호 김영재 이육헌 손영진
전범준 김준홍 김계형 김정희 조채희
한연실 조주경 이윤상 김태호 신영철
이상규 박광수 김태석 김단비 박미희
옥주리 이조아 장도현 이태윤 홍해선
전민협 김경미

**바캉스 대학생**  박소정 김혜림 박명준 김태윤 김종하
고은지

**야구부원**  김대영 손민영 황준ѕ 김지혁 김현호
류성록 박장현 조성우

**감염자**  권혁재 윤지น 임종훈 김근영 박제혁
주광현 최인순 김단비 이순환 조위상
변진완 나대흠 최우성 신두환 김대현
정민섭 한상균 박종범 손지훈 박재규
김승배 권용채 송태완 김기석 최성식
조현수 최용훈 심승용 조현수 김하영
김창규 김인규 박민우 김진욱 김선형
남상우 김선혜 김초희 안재원 윤채연
최창수 김일영 이한울 허성우 김지연
최수정 김관수 이문형 오창석 엄정욱
류상현 최혜진 김왕도 박민혁 박성배
유 선 배화연 이상옥 조하비 백근영
이 겸 이루다 장문성 김 운 이도군
박상미 김동환 이 율 최은영 박세정
황유경 정서인 류은영 오승희 윤지희
유재훈 하지윤 최유엘 염시훈 전채원
이서준 이원선 전예은 박세미 조은미
이지선 이원진 김은희 정회동 편준의
김도준 김지한 임혁빈 이광훈 김형욱
송용환 정미란 김조민 김귀례 김 정

**〈특별출연〉**

**가출소녀**  심은경

**〈만든 사람들〉**

**[제작부]**

**제작부장**  김원훈 이옥선 남희현

**제작부**  여인환 정수윤 김태수 신일용

**제작회계**  조은혜

**제작지원**  김원중 김재현 김한민 안태운 이용수
최대영 한인구

**[연출부]**

**연출부**  이재호 김성식 윤영우 이정훈 박준희


김주용

**스크립터**  윤미중

**스토리보드**  장강희

**시나리오 지원**  이세형 이아람

**캐스팅 지원**  엄현숙 차장 (티아이)

**[촬영부]**

**촬영팀**  이지훈 박찬희 강종수 조성빈

**제2촬영**  이지훈

**B 촬영팀**  김동현 나미나 박민수 이승민

**촬영지원**  지상민 박정민 최종만 황경현 남효우

**Dolly Grip**  인영교

**Grip Assist.**  김은영 이대우 이용우

**바디캠**  손경민

**촬영장비**  이석용 (캠하우스플러스)

**항공촬영**  김승호 이민재 김영환 (드론웍스)

**테크니컬 슈퍼바이저**  조희대 (알고리즘)

**디지털 이미징 테크니션**  조신영

**디지털 로더**  김보경

**[조명부]**

**조명팀**  문일호 조용운 신정길 정준호 윤근억
유준상 고수빈 박민식

**B 조명팀**  이길규 송진영 김동효 이진용

**발전차**  손용훈 (예원)

**B 발전차**  이병우 박병진

**조명장비**  리얼라이팅파크

**[녹음]**

**제1조수**  정진모

**제2조수**  추준혁

**제3조수**  김지산

**[미술]**

**아트디렉터**  진혜정

**미술팀장**  장희선

**미술팀**  김정수 김지현 김정은

**컨셉아트**  서태규

**[소품]**

**소품팀장**  박제희

**소품팀**  김수미 오종우

**소품지원**  심태식

**[특수소품]**

**특수소품**  이주환 (Fxlab)

**특수소품 팀장**  김가연

**특수소품 팀원**  김현지 조현수 황상규

**[세트]**

**세트제작**  아트서비스 (ART-SERVICE)

**세트팀장**  김형직

**세트팀**  유병오 유근상

**작화팀장**  류주환

**작화팀**  박용현

| | |
|---|---|
| 미술지원 | 김정현 실장 신재호 과장 |
| | 방선보 대리 |
| 특수세트 | 이정민 실장 강민승 팀장 이무주 |
| | 박상균 김의곤 임승배 이상민 (모모아트) |
| 스튜디오 | 부산영화촬영스튜디오 |
| | 아트서비스스튜디오 |
| | 고양아쿠아스튜디오 |

**[의상]**

| | |
|---|---|
| 의상실장 | 이혜란 |
| 의상팀 | 강미균 안소영 김순주 |
| 의상지원 | 최민지 |
| 공유 스타일리스트 | 이혜영 실장 |

**[분장/헤어]**

| | |
|---|---|
| 분장팀장 | 김은진 |
| 분장팀 | 조민선 조은실 정소정 |
| 분장지원 | 변수민 |

**[특수효과]**

| | |
|---|---|
| 특수효과 | DEMOLITION |
| 특수효과 코디네이터 | 정도안 |
| 특수효과 슈퍼바이저 | 박경수 |
| 특수효과 엔지니어 | 김창석 김우진 강우기 방성철 |

**[특수분장]**

| | |
|---|---|
| 특수분장실장 | 이희은 |
| 특수분장팀장 | 조형준 |
| 특수분장팀 | 김가륜 김호식 박영무 박성민 이효웅 |
| | 박신영 이하은 최주형 권은정 |

**[무술]**

| | |
|---|---|
| 무술팀 | 장한승 송민석 강영묵 전재형 권지훈 |
| | 노남석 박재영 권귀덕 정윤성 윤대원 |
| | 송원종 정동혁 박갑진 장임태 장한별 |
| | 선호삼 채성원 이확광 김영민 이광기 |
| | 이수민 김경애 천준호 이상민 김선웅 |
| | 유미진 김성종 주창욱 김승찬 윤성민 |
| | 조경섭 김유이 최현우 지동주 이유진 |
| | 서영민 김용학 장명진 윤민규 이병희 |
| | 홍주만 임경욱 심철민 김수빈 박창민 |
| | 유하나 윤세현 이민지 이승창 이철일 |
| | 정석우 최준영 |

**[안무]**

| | |
|---|---|
| 바디 무브먼트 컴포저 | 박재인 |
| 바디 트레이너 | 전영 |

**[편집]**

| | |
|---|---|
| 현장편집 | 임혜진 (TEO FILM POST) |
| 편집팀 | 한미연 임혜진 오혜진 |

**[Digital Intermediate]**

| | |
|---|---|
| Digital Intermediate By | DEXTER THE EYE |
| Colorist | 강상우 |
| DI Producer | 류연 |

| | |
|---|---|
| Assistant Colorist | 양희정 이경종 김자남 신정은 김예슬 |
| Digital Cinema Supervisor | 권보근 이재훈 |
| System Engineer | 최병중 이범기 안진석 임대명 |
| Managing Dept.Director | 신은철 |
| Administration | 최현덕 차옥매 백순철 김현덕 이유진 |
| | 이지은 인미선 임지연 고경민 이아민 |
| | 이주하 신은경 임지우 |

**[시각효과]**

| | |
|---|---|
| Visual Effects by | DIGITAL IDEA |
| VFX Studio Executives | 이승훈 박영신 |
| VFX Executive Producer | 손승현 |
| Chief VFX Producer | 이상우 |
| VFX Producer | 박성진 |
| VFX Production Managers | 정윤희 양영진 곡탁뢰 |
| On set Supervisor | 이승제 |
| Pre-Production Lead | 서용한 |
| Pre-Production | 박준호 김경철 이중희 장현진 김지현 |
| Modeling Supervisor | 강문정 |
| Modeling Lead | 강남규 |
| Modeling | 김균철 김용진 이혁준 류성부 김태현 |
| | 임 영 최연승 박기태 송봉원 |
| Matchmove Lead | 정성우 |
| Matchmove | 이종무 박재호 오선미 고혁 |
| Rigging Lead | 차윤석 |
| Rigging | 박세영 이성택 문지은 |
| Animation Supervisor | 김찬수 |
| Animation Leads | 염도선 이병주 |
| Animation Team1 | 손영남 김혜연 송혜미 |
| Animation Team2 | 이정현 설재훈 |
| Look Dev Supervisor | 한창민 |
| Texture | 김승태 정아람 신선혜 이솔아 |
| Lighting | 장서현 하효정 홍선일 정석민 이현규 |
| | 임승남 정다빈 |
| FX Lead | 김장형 |
| FX | 전성철 백수인 |
| CG Environment Lead | 김준회 |
| CG Environment | 최선진 전성수 박지현 이성주 |
| Motion Graphics | 김민경 이동훈 |
| Compositing Supervisor | 박명성 |
| Compositing Leads | 이경재 양시은 원재연 |
| Compositing Team 1 | 남탁균 이상헌 엄준호 김 청 임은지 |
| | 유지숙 윤보현 노유래 |
| Compositing Team 2 | 조혜령 추진아 박민선 이영상 류수민 |
| | 박현순 박지섭 김승기 |
| Compositing Team 3 | 이진아 이무형 손형록 김정민 이수경 |
| | 김아름 강현석 박지혜 이선미 임솔잎 |
| Compositing R&D TD | 김한웅 |
| Pipeline TD | 이상진 임주영 |

| | | | |
|---|---|---|---|
| I/O | 손현일 양영진 | 국내마케팅지원 | 양은진 하서연 김수진 정재준 |
| Systems Engineer | 김현성 김재승 | 홍보책임 | 양지혜 |
| VFX Associate Supervisors | 이성규 이주원 김용수 허동혁 김한준 | 홍보진행 | 김가연 현승희 최희준 임성록 |
| | 이용섭 김신철 | 투자회계책임 | 임재환 박 향 김성태 |
| Translation | 하이주 | 투자회계진행 | 진경선 김보영 한태문 이성원 이은정 |
| Production Management | 최가영 손현일 김파랑 | | 김찬영 유지수 김경은 이상호 |
| Marketing Director | 이지연 | 전략기획 | 신강원 최광성 최연성 박성수 정현정 |
| Marketing | 정고은 서덕재 | 경영지원 | 류시진 김지웅 김정아 최지영 김진건 |
| Business Administration Director | 박일왕 | | 이선근 권세은 김재환 하명수 이주영 |
| Accountant Manager | 박선희 | 프로덕션 수퍼바이저 | 임지우 |
| Accountant | 정민아 | **[콘텐츠판다]** | |
| HR | 최철호 김신혜 김민지 | 콘텐츠유통책임 | 김재민 |
| **[사운드]** | | 콘텐츠유통기획 | 김태원 |
| Audio Post Production | 라이브 톤 | 콘텐츠유통진행 | 서윤희 서혜지 김다한 김무연 |
| Sound Supervisor | 최태영 | 해외배급책임 | 이정하 |
| Re-Recording Mixer | 최태영 | 해외배급진행 | 김나현 정다인 |
| Sound Designer | 강혜영 | **[화책합신]** | |
| Sound Editor | 정수정 황원하 박민지 | 투자총괄 | 김형철 |
| ADR Recordist | 김병인 | **[공동투자]** | |
| Dialog Editor | 김송이 | 공동제공 | 타임와이즈인베스트먼트㈜ |
| Foley Artist | 장찬우 | 공동투자총괄 | 오상민 |
| Foley Recordist | 김동준 | 공동제공 | ㈜동문파트너즈 |
| Foley Editor | 예은지 | 공동투자총괄 | 서상영 |
| **[음악]** | | 공동제공 | 한국투자파트너스㈜ |
| 작곡 | 장영규 이병훈 최태현 배승혜 | 공동투자총괄 | 전요셉 |
| Conductor | 최현이 | 공동투자진행 | 정화목 |
| Violin | 정원영 박유진 류경주 전유진 | 공동제공 | ㈜대교인베스트먼트 |
| Viola | 김지유 윤태영 | 공동투자총괄 | 손석인 |
| Violincello | 이지행 김상민 | 공동투자진행 | 노재승 |
| Piano | 박지은 | 공동제공 | 유니온투자파트너스㈜ |
| Trumpet | 김판주 | 공동투자총괄 | 허수영 |
| Clarinet | 강신일 | 공동투자진행 | 오정근 성 민 허규범 |
| **[사용된 음악]** | | 공동제공 | ㈜인터파크 |
| ALOHA OE | 하와이 민요 / 노래 : 김수안 작사가 : 미상 | 공동투자총괄 | 김성재 |
| 오 필승 코리아 | 작사,작곡: 이근상 강달성 김도형 | 공동투자진행 | 김민혜 |
| **[사용된 영상]** | | **[마케팅]** | |
| 주정현 (영상창작단 시선) | 문정현 (푸른영상) / | 마케팅홍보 | 이채현 이나리 김경미 유아름 조재형 |
| 서울마리나&요트클럽 | | | 조민희 (호호호비치) |
| **[사용된 사진]** | | 온라인마케팅 | 김혜라 안정연 이유라 이다원 양예인 |
| 한국환경공단 | ㈜경남도민일보 | | (웹스프레드) |
| **[NEW]** | | 온라인광고제작 | 김재윤 김연지 정민지 유지나 김세형 |
| 투자진행 | 유형석 | | (웹스프레드) |
| 투자지원 | 함 진 송아름 전용욱 배하나 이주현 | 예고편 | 이동근 김송희 김유리 이재윤 조소연 |
| | 장연실 박성윤 안소희 | | 장유리 (ZOOM) |
| 국내배급책임 | 박은정 | 광고디자인 | 최지웅 박동우 이동형 (프로파간다) |
| 국내배급진행 | 위주경 류상헌 김우근 | 포스터사진 | 이전호 (Art Hub Teo) |
| 국내마케팅책임 | 최은영 | 현장사진 | 송경섭 (스튜디오박스) |
| 국내마케팅진행 | 김태홍 조성진 염서연 | 메이킹 | 김영국 이상호 한명선 이연수 공대건 |

| | | | |
|---|---|---|---|
| | (푼크툼) | Camera Projection | 지용근 천지학 |
| 광고대행 | 서정우 김현신 김정민 정희돈 이유경 | Motiongraphic | 이재윤 심태린 |
| | 이규용 (㈜이노션 월드와이드) | | |
| 인쇄 | 유진아 유현아 (대경토탈) | 〈Seoul Station〉ScreenX Teaser by　BEAN Studios | |
| 이벤트기획 | 김윤태 이민호 김효선 김민경 (비플레이) | Executive Producer | 이건우 |
| [참여 업체] | | Line Producer | 민병채 |
| 보조출연 | 이상윤 이옥희 문용승 유하진 (ID 에이전시) | Animator | 이수정 윤주병 |
| 동물(고라니) | 와우펫 | 3D Artist | 김지현 이지혜 |
| 분장버스 | 이강곤 (시네마스토리) | Matte Painting | 김효진 박수연 |
| 소품차량 | 카오스 | Visual Effect | 정원재 |
| 식당차 | 사계절 뚝배기 | Compositer | 김미혜 |
| 보험 | 변정훈 김혜영 (동부화재) | [응급의료지원] | |
| [후면영상] | | 본부장 | 김종길 |
| LED 장비 | 예원미디어 | 대원 | 이강현 |
| 대표 | 박준한 | 구조사 | 김명중 김민우 |
| 총괄 | 남영우 | [㈜영화사 레드피터] | |
| 기술팀장 | 김재규 | 기획팀 | 김상미 |
| 기술팀원 | 방수민 안두영 | 회계세무 | 박진수 이미영 (회계법인 평진) |
| [소닉티어] | | 법률자문 | 강민주 변호사 (이강 법률사무소) |
| 3D SOUND MASTERING | 박승민 곽남훈 오승준 | 철도자문 | 손혁기 |
| [스크린 X] | | [매니지먼트] | |
| 제작총괄 | 서정 | 공 유 | 김장균 대표 김영주 이사 임효욱 |
| 제작투자 | 최병환 안구철 | | 팀장 서상현 (매니지먼트 숲) |
| 투자책임 | 최용승 | 정유미 | 김장균 대표 김영주 이사 임효욱 |
| 투자진행 | 옥지현 | | 팀장 (매니지먼트 숲) 최정남 부사장 |
| 프로듀서 | 최민혁 | | 김재웅 실장 고동ثہ 팀장 (매니지먼트 동행) |
| ScreenX Studio | 이혜원 김세권 박세영 오윤동 신재훈 | 마동석 | 송정우 대표 김훈 이사 김윤 실장 |
| | 이세일 | | 이원희 (데이드림 엔터테인먼트) |
| Technical Supervisor | 송의석 | 김수안 | 지은서 |
| 마케팅 | 우혜연 이원지 | 김의성 | 최길수 대표 (안투라지 프로덕션) |
| ScreenX R&D팀 | 류일렬 류화장 박태욱 박인혜 장경윤 | 최우식 | 정 욱 대표 표종록 부사장 박가을 |
| | 박기수 이두희 송경주 유승완 고가연 | | 실장 조상현 실장 김제영 김강일 |
| ScreenX 사업팀 | 김종찬 윤형진 이원용 정선희 이지호 | | (JYP 엔터테인먼트) |
| | 신유경 정태민 | 안소희 | 양다환 대표 홍민기 본부장 이수현 |
| ScreenX USA | Paul Kim | | 팀장 (키이스트) |
| ScreenX Previsual | 이건우 이세일 | 심은경 | 권오현 대표 김선우 팀장 김민수 |
| Visual Effects by | DIGITAL IDEA | | 대리 (매니지먼트 AND) |
| Visual Effects by | GIANT STEP | 최귀화 | 김승욱 대표 노지욱 본부장 (원앤원스타즈) |
| VFX Supervisor | 심재일 이지철 | 정석용 | 최민석 본부장 김대웅 |
| Executive Producer | 하승봉 최일진 | | (스타빌리지 엔터테인먼트) |
| Compositing Supervisor | 김승찬 정성욱 | 장혁진 | 장현주 대표 김진석 본부장 최원길 |
| Digital Artists | 강동억 김장혁 박지웅 박성현 곽민선 | | 대리 (엘리펀 엔터테인먼트) |
| | 강희권 손샛별 이상희 현승창 이은영 | 정영기 | 이용민 이사 (SQ엔터테인먼트) |
| | 차승현 이서연 윤현지 | 우도임 | 유형석 대표 성현수 본부장 차우진 |
| Visual Effects by | MELIES CC & X | | 팀장 (유본컴퍼니) |
| Executive Producer | 심재홍 | [제작지원] | |
| Technical Director | 최혜주 황용태 | [부산영상위원회 지원사업] | |
| MatchMove | 변귀섭 임기택 | 2015년 부산영상위원회 영화(드라마)제작진 숙소지원사업 | |

2015년 부산영상위원회 프리프로덕션 스카우팅사업
[부산창조경제혁신센터 지원사업]
2015년 부산창조경제혁신센터 부산촬영 영화지원사업
2015년 영화,영상창작 프로덕션 오피스 지원사업
[고양지식정보산업진흥원 지원사업]
2016년 로케이션인센티브 지원사업 지원작
[전남영상위원회 지원사업]
2015년 여수 순천 광양 본 촬영지원사업
[영화진흥위원회 지원사업]
2015년 영화현장 응급의료지원 | 부산영상위원회 | 부산영화촬영
스튜디오 | 부산창조경제혁신센터 | 전남영상위원회 | 고양지식정
보산업진흥원 | 영화진흥위원회

**[한국철도공사]**
KORAIL 서울본부 | KORAIL 대전충남본부 | KORAIL 대구본부
| KORAIL 부산경남본부 | KORAIL 경북본부 | KORAIL 호남본
부 | KORAIL 충청권 물류사업단 | KORAIL 호남권 물류사업단 |
대전 철도차량정비단 | 수도권 철도차량정비단 | 부산 철도차량
정비단 | KNROTC 한국철도운전기술협회 | 기관차 승무사업소 |
KORAIL RETAIL 대구본부 사업팀 | KORAIL 관광개발 | KORAIL
인재개발원 | 철도교통관제센터 | KORAIL | KORAIL 관광개발 |
KORAIL RETAIL

**[미술/소품 협찬]**
계몽사 | 그집이야기 | 디맥샵 | 루밍 | 리홈 | 박영사 | 씨유네트
웍스 | 알파트로닉스 | 야마하 | 일룸 | 코지샵 | 퀸즈아로마 | 한
솔제지 | HTM

**[의상I분장 협찬]**
김활란 뮤제네프 부산스타제이드점 | 뮤즘 | 블루독 | 서진탑키
디 | 스타일플로더 | 아이비클럽 | 오렌즈 | 임부복닷컴 | ㈜메디
오스 | 토마토룸 | 헬무트 | GENTLE MONSTER | HAMILTON
| lapalette | MANDARINA DUCK | Massimo Dutti | mzuu |
RALPH LAUREN | Reebok | Samsonite | SBS 스타일라운지 |
Shoemarker | Theory | unipair | 이하나(아우라) | 마시모뚜띠 |
샘소나이트 | 오렌즈

**[촬영 장소 협조]**
서울역 | 행신역 | 대전역 | 천안아산역 | 삽교역 | 청주역 | 동대
구역 | 부전역 | 부산고속철도차량기지 | 부산철도차량관리단 |
수도권철도차량정비단 | 광양 도리터널 | 하이원 추추파크 |
속사 TG | 죽전 현대힐스테이트 타운하우스 | 크루셜텍 | 구로구
오정초등학교 | DMC래미안 e편한세상 아파트 | 스튜디오 반 | 킨
텍스

**[촬영 협조 & 제작 협찬]**
한국철도시설공단 수도권본부 | 닌텐도 | 동아오츠카 | 버거킹 |
레이나 커피 | 리솜스파캐슬 덕산 | 덕산타워텔 | ㈜ 휴아시스 |
평창군청 방역위생계 | 강원문화재단 영상지원팀 | 한국도로공사
대관령지사 | 킨텍스 문화사업팀 | 하이원 추추파크 | 부산광역시
체육시설관리사업소 | 수영만 요트경기장 | 부산진구청 | 부산진
경찰서 | 부산광역시 소방안전본부 | 동광양 자동차운전전문학원

**[도움주신 분들]**
KORAIL 문화홍보실 김희중 과장 | KORAIL 서울본부 송호종 팀장
고주현 최문건 | 행신역 성기철 역장 외 직원 일동 | 삽교역 정해
천 역장 외 직원 일동 | 충청권 물류사업단 주민현 박찬우 문현정
김연진 | 호남권 물류사업단 심경화 | 청주역 한동준 역장 외 직원
일동 | 대구본부 문장수 팀장 이기현 주임 | 동대구역 前임간혁 부
역장 최미경 조현상 박종현 이미옥 과장 외 직원일동 | 코레일유
통 대구본부 권종민 과장 | 대전충남본부 단남수 과장 | 천안아산
역 최연숙 팀장 김현종 손정순 | 서울역 김용석 팀장 외 직원 일동
| 수도권 철도차량정비단 허혜란 팀장 | KNROTC 이승옥 감독관
| 부산 고속철도차량정비단 장효영 과장 객화차부 박송주 과장 디
젤차량부 김명주 과장 외 차량정비단 직원 일동 | 기관차 승무사
업소 백선일 강민채 장세규 김규연 손한식 | 한국도로공사 대관령
위재복 차장 | 부산영상위원회 이승의 운영팀장 양영주 총무팀장
김윤재 운영팀장 | 수영만요트경기장 안구건 주무관 | 전남영상위
원회 김민호 사무국장 윤철중 로케이션 지원팀장 황규택 로케이
션 코디네이터 | 경기영상위원회 김혜인 매니져 | 죽전 힐스테이
트 신창득 교수 | 크루셜텍 양준영 차장 | 구로오정초교 최성희 교
감 | DMC래미안아파트 노의정 부소장 | 스튜디오반 탁미경 사장
송미림 홍석빈 | KINTEX문화사업팀 최윤진 | 하이원추추파크 이
윤경 대리 고민규 | 평창군청 방역위생계 조태형 계장 | 휴아시스
박은경 | 레이나 박진원 과장서울역 옥상 이태숙 박영희 | 오토바
이제공 홍인조 | 숙소협조 조상래 김종오 | 광양장소협조 조상래

부산행
2016년 ㈜영화사 레드피터 작품

# 부산행

**1판 1쇄 발행** 2016년 7월 27일
**1판 6쇄 발행** 2018년 11월 30일

**지은이** | NEW
NEXT ENTERTAINMENT WORLD

**소설화** | 장선미  **메이킹북 구성** | 류승예
**펴낸이** | 김영곤
**펴낸곳** | (주)북이십일 아르테팝
**미디어사업본부이사** | 신우섭
**책임편집** | 김성현  **표지디자인** | 정인호  **본문디자인** | 정혜욱
**미디어믹스팀** | 강소라 이은 이상화 곽선희
**미디어마케팅팀** | 민안기 정지은 정지연 김종민
**문학영업1팀** | 권장규 오서영

**출판등록** | 2000년 5월 6일 제406-2003-061호
**주소** | (우 10881) 경기도 파주시 회동길 201(문발동)
**대표전화** | 031-955-2100  **팩스** | 031-955-2151  **이메일** | book21@book21.co.kr

**(주)북이십일** 경계를 허무는 콘텐츠 리더
아르테팝 채널에서 도서 정보와 다양한 영상자료, 이벤트를 만나세요!
북이십일과 함께하는 팟캐스트 '책, 이게 뭐라고'
**페이스북** | facebook.com/21artepop  **포스트** | post.naver.com/artepop
**인스타그램** | instagram.com/21artepop  **홈페이지** | artepop.book21.com

**ISBN** 978-89-509-6590-7  03810
책값은 뒤표지에 있습니다.